集英社文庫

エンブリオ
(上)

帚木蓬生

集英社版

エンブリオ（上）

1

食後の桃を頬《ほお》ばりながら窓辺に寄る。

群青《ぐんじょう》の海の水平線に入道雲が出ていた。眼下の海岸では、白い波が絶えず砂浜に吸い込まれている。まだ人影がないのも病院専用のビーチだからなのだろう。月初め、近くの海水浴場では海開きがあって、この週末にはもう人が繰り出していた。

冷えた桃が口の中でとろける。岸川《きしかわ》はソファに戻ってテレビのリモコンを入れた。連続ものの昼ドラマに、ちょうど津村春奈《つむらはるな》が和服姿で出演していた。踊りの師匠役で、パトロンである大企業の会長と待合で会っている。春奈の演じる女はその会長の息子ともどうやら関係がありそうだった。ドラマが始まって三ヵ月にはなるが、筋運びがやたらと遅く、毎回見ていない岸川には登場人物たちのつながりが分からなかった。それでも春奈によると、この月末には全篇《ぜんぺん》を撮り終えるらしかった。

竹林の小径《こみち》を歩く春奈の後ろ姿をカメラが追い、横に回り込み、斜め前からズームインする。四十代半ばにしては若々しい顔だ。左顎《ひだりあご》にあるほくろを本人は以前から気にしていて、よい形成外科医を紹介してくれと言っていたが、ずっと思いとどまらせてきた。こうして大写しの顔になると、ほくろが却《かえ》って個性的に見えた。意志の強さと、肚《はら》に一物あるような陰影を顔に与えている。

春奈が老パトロンの前で帯を解き始めるところでCMがはいった。この番組が他局より高い視聴率を保っているのも、毎日一回はヒロインや準ヒロインたちが惜し気もなく肌をさらすからだとは、病院の職員から聞いた話だった。

CMが終わって、画面は老会長に愛撫《あいぶ》される春奈の顔のアップになっている。やはり左顎のほくろが、閉じた目の代わりに何かを主張するように白い肌に浮き出ている。老会長は春奈の首筋から胸にかけて唇をずらしていく。

乳房があらわになる。ディレクターがわざわざ春奈の裸体を代役なしで撮ったのも、その形の良さを見込んだからだろう。いやそもそもこの番組に彼女が起用された理由が、若い女優に太刀打ちできる身体《からだ》を持っていたからに違いなかった。

大写しになった春奈の顔が快感にゆがみ、切迫した息づかいになる。

これは演技だと岸川は思った。本来は、表情はあまり変えずに大きな声だけを容赦なく上げるのだ。ホテルの部屋でも同じ嬌声《きょうせい》なので、気にした岸川が注意しても効き目はない。

「平気だわ。廊下まで漏れてもビデオの声だと思われる」と答える。

場面が変わり、主人公役の男が現れたので岸川はスイッチを切った。

二時から手術を入れていた。病院外の公務はなるべく水曜日の午後に集中させるようにして、月火木金と、午前中は外来で新患や再来患者を診察し、午後は手術に当てた。

サンビーチ病院は地上六階、地下二階で、ベッド数百二十、ホテルなみのぜいたくな施設を誇っていた。医師や看護師の数も基準以上で、これも最良の治療を患者に施すためだ。

病院下の海岸に設けたプライベート・ビーチは、入院患者が気兼ねなく散歩したり、外来患者がゆっくり海水浴を楽しむのに役立っていた。夏以外の季節でも、砂の上に折り畳み椅子《いす》を持ち出して、日がな一日語り合う若夫婦もいる。冬はそこで職員たちが火を起こし、豚汁《とんじる》をつくって舌鼓を打つ。総務部の職員が二人、突然水着姿になり、寒中水泳をやり出して周囲をはらはらさせたのは去年の二月だった。

医師をはじめとして、職員たちの志気が高いのが、岸川には何よりも嬉《うれ》しい。他の病院より給与は高めに設定しており、福利厚生面でも最大限に優遇している。職員の定着率が良いのもそのためで、毎年若干名の職員採用には二十倍近い応募者があった。

岸川は手術場に降りて行き、術衣の下着に着替え、手洗いをすます。術場の女性看護師がさらに緑色の術着と帽子をかぶせてくれた。

手術台に患者が横たわっている。五日前に母親に連れられて来診した少女で、既に妊娠十五週だった。もちろん人工妊娠中絶のための相談で、本人よりも母親のほうが動転していた。中絶手術の安全を説き、さらに中絶した胎児の有効性を説明すると、母親の顔色が少しずつやわらいでいった。母親と違って、当の娘は他人事《ひとごと》のように聞いていたが、手術を五日後に決めて帰らせるときには、母娘ともども晴れ晴れとした顔になっていた。

人工妊娠中絶するのに後ろめたさなどもつ必要はない。逆にその機会を将来に生かすこともできるのだ。――岸川が懇切丁寧に説明したのが功を奏していた。

手術台の上で砕石位《さいせきい》に大きく開いた脚を見ただけで、それが十代なのか、二十代前半なのか後半なのか、あるいは三十代なのかは判別がつく。念のために身体の上下を仕切るカーテンを開けてもらって、少女の顔を確認した。

「手術は一時間以内、眠っている間にできるからね。何の心配もいらない」

少女はしっかりと目を開けていた。気落ちも不安の色もない表情だ。

岸川は待機していた麻酔科医に目配せする。

用意の整った器具を確かめる。直接介助する女性看護師がひとり、さらにもうひとり補助の看護師がついていた。看護師の教育は徹底させており、岸川の眼の動きと短い言葉だけで、必要な器具が渡され、介助の手が伸びた。

「先生、麻酔完了です」麻酔科医が知らせてくれる。

小さめの膣鏡《ちつきょう》を選んで、患者の局部に挿入する。ピンク色をした子宮頸部《けいぶ》の中央に子宮口が見える。膣壁も含めて、いかにも健康そうな外観だ。

十二時間前に抗プロゲステロン剤を飲ませていたおかげで、子宮頸部は充分に柔かくなっている。

胎児の着床部位は超音波で確認ずみだった。確かに五時の方向に抵抗があり、そこにこぶし大の胎児がいるのが判った。手ごたえだけを頼りにした操作だ。なるべく形を損なわないように少しずつ子宮内膜からの剝離《はくり》をねらう。塊がひとつになったところで器具を変え、柔かい子宮口から一気にかき出す。

身体を折り曲げて祈る形をした胎児が血塊に混じっていた。損傷がないのを確かめて、看護師のさし出すガラス容器に入れる。いつものことだが、胎児の体温がプラスチック手袋を通して伝わってくる。

探査子《たんさし》をもう一度子宮口に挿入して、残留物がないのを確かめ、膣鏡を引き抜く。三十分もかかっていなかった。手術の終了を麻酔科医に告げた。

控え室に戻り、手袋とマスクをはずした。手術帽のままで、待合室にはいる。母親はずっと窓際に立っていたらしく、不安気な顔をこちらに向けた。

「手術は終わりました」岸川はソファを勧め、自分も腰をおろす。

「もう？」母親は驚いた。

「ええ。すべて順調で、一時間後にはお嬢さんもここに戻って来るはずです」

「ありがとうございました」母親の顔面に喜色がみなぎる。

「前に申し上げたように、取り上げた胎児はこちらで凍結保存します。必要になればいつでも取り出して、臓器の培養増殖が可能です。半分はお嬢さん自身の遺伝子がはいっているので、移植時の拒絶反応も最小限に抑えることができます。万が一の場合の保険だと思って下さい。必要時には、解約して使うのです」岸川は笑顔をつくった。

「先生、娘にこれからどんな躾《しつけ》をすればいいのでしょうか」母親はすがるような視線を向けた。

「あなたと娘さんに対しては、これから心理療法士の面接があります」

「はい、それは分かっています。でも先生から何かアドヴァイスをいただけたらありがたいのです」母親は泣きそうな顔になる。

「私がひとつだけ助言できるとすれば、ＵＳＡです」

「ＵＳＡ？」

「そう、アンコンディショナル・セルフ・アクセプタンス」

「アンコンディショナル・セルフ・アクセプタンス？」母親は岸川の言った単語をなぞる。大学時代、英文科にいたと思われるくらいの正確な発音だった。

「その頭文字をとってＵＳＡ」

「つまり――」

「読んで字のごとく、無条件に自分を受け入れるということです。あなたも母親として、娘さんにいろいろ注文はあるでしょう。今までのようなことはしてはいけない。こうして欲しい。あんなふうになってくれるといい」岸川は冷やかに母親の顔を眺める。「しかしそれは裏を返せば、今のお前はだめだということに他ならない。そうでしょう」

母親は頷《うなず》く。

「今の自分を否定されたら、どんな人間も再出発できない。そこで足踏みか後退するだけです。それよりも、目の前にいる娘さんを全面的に肯定する。今のお前でいいのだよ、と言ってやるのです」

足元をすくわれたように母親の顔が少し蒼《あお》ざめる。岸川は続けた。

「考えてもみて下さい。娘さんはあなたの子供ですよ。猿が生んだのでもなければ、類人猿が生んだのでもない。あなた自身の子です。あなたの血が流れています。ましてや中学生まではきちんとした子供だったというじゃありませんか」

「はい」母親は小さく頷く。「今からは想像できないくらい素直な子でした――」

「だったら、もう土台は充分できています。何の心配もいりません。そのまま認めてやりなさい。今のお前でいいのだと」

母親はまだ怪訝《けげん》な表情だ。

「高校は中退する。家を空ける。眉《まゆ》の外側にピアスをして、乳首の上に入墨をする。挙句の果てには妊娠――。しかし娘さんにとっては精一杯の努力だったかもしれません。他のやり方はできなかった、本人なりの死にもの狂いの努力だったはずです。それを認めてやるのです。それでいいのだと全面的に認めてやると、娘さんは再び自分で生き始めます。否定するのは、死ねというのに等しい」

母親はまだ岸川の言うことを充分のみ込めないでいる。言葉を探すようにバッグを開け、ハンカチを取り出した。

「納得がいかないかもしれませんが、これが私の考えです。お母さんが助言を求めたので答えたまでです」

岸川はもうこれまでというように立ち上がる。ドアを開け、母親を送り出す。彼女は丁寧に頭だけは下げた。

〈縁なき衆生《しゅじょう》――〉

岸川は胸の内で口ごもる。縁なき衆生にいくら道を説いたところで無駄というものだ。あの母親の反応では、どれほど心理療法を受けたとしても母と娘の確執は最後まで続くしかない。いや、片方が死んでも続く可能性だってあった。

ケイタイを出して総務部の秘書を呼んだ。病院内は、ペースメーカーなどの特殊な機器にも支障のない低周波のケイタイを使っていた。

「しばらく部屋で寝ている。緊急時以外は起こさないでくれ」

岸川は更衣室でシャワーを浴びて、通常の白衣に着替えた。

六階の自室に戻る。岬《みさき》の向こうにある飛行場から小型機が飛び発《た》つところだった。プロペラ機なのでぎこちない速度だ。ジェット機よりは低い高度で左旋回をし、やがて小さな点になる。


ドアで呼び鈴が鳴った。

ドアの外に津村春奈が立っていた。ジーンズにブラウス、つば広の帽子をかぶり、バカンスむき出しのいでたちだ。

「元気そうね」サングラスをとって笑いかける。

「たった今、手術が終わったばかりだ」

「まだ手術をしているの？　これだけ病院が大きくなったのだから、もう管理だけに専心してもいいでしょうに」春奈が甘えるように岸川に近づく。

「いや私はあくまで臨床医だ」

「やっぱり、昔を忘れられないのね。その腕一本で朝から晩まで働いていたあの頃。大学病院で働く以外に、三つか四つの医院をかけもちしていた」

「二つだよ」

「本当に忙しそうだったけど、わたしに会う時間はちゃんとつくってくれていた」

春奈は岸川の白衣のボタンを下から順にはずしていく。

「さっきテレビを見ていたら、きみが出ていた」

「昼のドラマでしょう。どうだった？」

春奈は岸川の胸をはだけて、両手をシャツの中に入れる。そっと顔を岸川の肌に密着させた。

「なかなかの芸だ」岸川は残っていた一番上のボタンをはずし、ネクタイをとった。「着ているものを脱ぐにしたがって演技が冴《さ》えていく」

「それ皮肉？」春奈が岸川の顔を見上げる。

「ベッドシーンになると、視聴者は画面に釘《くぎ》づけになる」

「馬鹿」春奈はくぐもった声で言い、唇を岸川の身体に密着させる。岸川は突っ立ったまま、窓の外の海を眺める。

春奈の指が岸川のベルトをゆるめ、ジッパーをおろした。跪《ひざまず》いた春奈はそこに唇を這《は》わせた。

「わたしがいつも、こうやって腕を磨いていると思われるじゃないの」

岸川は答えない。足を踏んばったまま、海に浮かんだウィンドサーフィンに眼をやる。五つか六つ、さまざまな色の帆が浮かんでいた。

「海を見ているの？」

春奈がもう服を脱ぎかけていた。キャミソール一枚になった彼女を机の上に寝かせる。

「背中が冷たい」

春奈の肌はしっとりと汗をかいている。

岸川は乳房に右手をやりながら、春奈の身体を横向きにして、自分のものを再び与えた。

「何だか俎《まないた》の上の鯉《こい》みたい」息を継ぎながら言う。

机の端に移動し、春奈の足を高々と挙げさせる。V字形の頂点に、ゆっくりと自分のものをさし入れた。

確かにもう水に濡《ぬ》れた鯉だった。しかし、まだ跳ねる力が残っていて、岸川の緩慢な動きが長くなるにつれて、俎の上で微妙にうねる。岸川もその動きに合わせる。

「ねえ、あなた、海を、見ているのでしょう？」目を開けた春奈が訊《き》く。

「海と、きみを見ている。いい感じだ」

確かにそうだった。光る海の上をウィンドサーフィンの帆が滑り、その手前にはピンク色に染まった春奈の身体があった。

春奈の口の中に赤い舌が見えた。揺れる白い乳房も見える。

春奈の呼吸が荒くなり、両手が宙に伸びる。その片方の手だけを岸川は握ってやる。一方の手は春奈の下腹部に置き、自分の動きを触診する。春奈の身体の中が空洞になるのと充満するのが、それで確かめられた。空洞になるとき春奈は瞬時悲しげな声を出し、そのあと満ち足りた顔になる。

春奈の手が下に降りて来て、岸川の手をしっかり押さえる。声が次第に大きくなり、上体が跳ね上がる。頂上を極め始めるときの動作だった。その瞬間、岸川は動きをやめる。魚が餌《えさ》にくらいつき、針は充分に口先に食い込んでいるのだ。逃げられる心配はなかった。春奈は岸川の両手をたぐり寄せ、身体を押しつける。

岸川は不動のまま海を見やる。ウィンドサーフィンの帆の位置がまた違っていた。ミロかモンドリアンの抽象画のように、青い海の上で赤や黄、白の点がバランス良く配置されている。

春奈がひときわ大きな声をあげ、やがて動かなくなる。首筋にうっすらと汗が出ていた。

岸川が身を離すとき、春奈は目を閉じたまま眉を少しひそめた。

春奈の身体を一回転させる。脊椎《せきつい》のくぼみと腰のくびれが美しい。白い尻《しり》を摑《つか》んで引き寄せる。春奈がまた声を上げる。

聞こえるのは彼女の声だけだ。窓の外が眩《まぶ》しい。銀色に光る海面を、三角形の帆が動く。途中で光の中に消え、見えなくなる。

春奈が背をのけぞらせて、両手で机を叩《たた》く。口から鳥のような声が漏れる。岸川の動きが速くなると、春奈の全身の筋肉が緩んでいく。

海の上に新たな飛行機が現れていた。今度もプロペラ機で、ぐんぐん高度を下げ、岬の向こうに消えた。

海がもとの青さを取り戻している。

「もう少しそのままにして」岸川が身体を離そうとすると春奈が懇願した。

汗ばんだ背中のくぼみを指でたどる。最後の腰椎《ようつい》まで来たとき、ぴくんと身体をひきつらせた。

「このままでいると風邪《かぜ》をひくぞ」岸川は身づくろいを始める。

「待って」

春奈が机から降り、床に膝《ひざ》をついてティッシュの箱を手にした。後始末するのは自分の役目だと心得ていた。終わると、岸川の足にもたれかかる。泳ぎ疲れて、杭《くい》にしがみつく仕草だ。

「もう行くの？」見上げて甘い声を出す。「もっと一緒にいたいのに」

「仕事が残っている。五時になったらプライベート・ビーチで待っていてくれ。泳いでいていい。用事が終わり次第行く」

「夜はもう仕事はない？」

「ない」

「だったら夕食は一緒ね」

「テラスでバーベキューしてもいいし、外に食べに行ってもいい」

「わたしが何かつくる。冷蔵庫に材料はあるでしょう」

「ああ」

「楽しみ」

岸川は机の引出しから鍵《かぎ》を取り出して春奈に渡した。全裸と鍵がどこか不釣合いだ。

「鍵はバッグに入れているわ」

「新しいのに取り換えた。ピッキングがはやっているだろう。まだ被害にあっていないが、用心のためだ」

岸川は白衣を着て鏡の前に立つ。鏡に春奈が映っていた。裸のままで床に坐《すわ》り、鍵だけはしっかり手に握りしめている。

「海辺で待っているわ」

部屋を出るとき春奈から声をかけられた。岸川は答えるかわりに軽く手を上げた。

エレベーターで一階に降りる。ちょうど四時だった。ホールの柱の陰でケイタイを入れた。

「私だ。間もなくそちらに行くはずだ」低い声で話す。相手は短く応じた。

「うまく行かなかったら深追いはするな」

「分かりました」

相手の返事を確かめて、岸川はケイタイを切った。

ホールを真直《まっす》ぐ突っ切る間に、職員や患者から続けざまに会釈をされた。丁寧に会釈を返して総務部まで行き、応接室のドアを開けた。待機していた高原《たかはら》事務長が律儀に立ち上がる。

市中銀行の支店長だったのを引き抜いて、病院の事務長を任せてからもう五年になる。実を言えば引き抜きではなかった。支店長時代、本店の方針で部下たちをリストラし、その責任感から最後には自分も辞表を提出して遊んでいた高原に、岸川が声を掛けたのだ。その頃はまだ頭にちらほら白髪がまじっている程度だったが、今は銀髪に近い。去年の秋の還暦祝いに、岸川は百万円の旅行券を贈っていた。この二月に夫婦でハワイ旅行を楽しんだらしい。

「県の衛生部ではこれ以上の増床は認めてくれません。既存の病院を買収して、その持ちベッド数を使うのなら文句はないそうです」

「買収できるような病院はあるのか」

「それがかなり難しいのです。どの病院も経営的に苦しくなると、老人医療のほうに手を出してうまく切り抜けています。空いていたベッド分を認知症病棟用に申請し直したり、寝たきりの老人を入れて、ひと息ついています。病院を手放すところまで追い詰められている例は稀《まれ》です」

「そうだろうな。老人医療は病院経営にとって慈雨そのものだ」

「確かに。しかも今後三、四十年は尻すぼみにならない有望産業です」

「全く逆立ちした医療だ」岸川は舌打ちする。「老人医療を手厚くしたところで、何かが生まれるというのでもない。葬儀場ばかりを豪華にするのと似ている。葬儀場の煙突の煙がいかに勢いが良かろうと、何か立派な製品が出て来るというのでもない。出てくるのは灰だけさ」

「おっしゃるとおりです」

「それに比べて、二十一世紀を背負っていく子供たちを養う小児科の貧しさといったらない。子供の医療費が安いから、まず小児科医が減る。公的な小児科病院も設備投資ができない。小児の救急医療なんてお粗末そのものだ。夜中に子供が熱を出し、母親が救急センターに駆け込んでも、専門の小児科医はおらず、一般医によって軽くあしらわれる。重症でもないのに連れて来たと、嫌味さえ言われる。そんなときこそ、母親の悩みをじっくり聞いて、専門的な立場から育児の助言をしてやれるのだがね。だから、子供を生む若夫婦はますます減っていく」

岸川はつい目の前の事務長を非難する口調になる。

「それで病棟の件ですが」高原は書類に手を伸ばした。「いっそのこと、ホテルを病室代わりに使ったらどうかと思います。幸い歩いて十五分のところにガルフホテルがありますし、入院の必要のある患者はそこに泊まってもらい、毎日外来に来てもらうようにするのです」

「それだと患者の経済的負担が大変だろう」

「はい。ホテルの費用には入院保険が適用されませんから、まるまる自己負担となります」

「それはまずいのではないか」

「先生、うちの病院を訪れる患者は、医療費など気にしません。治るためには多少の金は喜んでつぎ込みます」

ここが勘どころだというように高原は岸川を直視する。自信があるときの所作だ。「ホテルの久保田支配人も乗り気で、十室ほどを年間契約してくれれば通常料金の半額程度におさえてもいいと言っています。家族持ちにはツインルームに補助ベッドを入れてもらえば、患者が病院で受診している間、付き添いの家族は海辺を散歩したり、ホテル内のプールで遊ぶこともできます。あのホテルはゲームセンターなどのレジャー施設も充実しているし、モーターボートでの島巡りなどもやっているでしょう。レストランも腕の良いシェフを置いています」

「一泊五千円として、一週間入院すれば三万円強か。大した額ではないな」

「ツインルームが一泊五千円になるかどうかは分かりませんが」

「そのくらいの姿勢で臨め」岸川は語気を強くする。「シングルルームで一泊三千円、ツインで五千円。それだったら、患者に負担をかけない。なあにホテルだって、空室になるより、年間契約で一定の収入があるほうが得だろう。特に冬なんか、稼動率は半分に落ちているはずだ」

「そのようです」

「これからは産婦人科が変わっていく。単に出産や卵巣と子宮の病気を扱うだけではすまなくなる。女性の病気はすべて産婦人科で診《み》るような時代が来る。他方で、小児科とも連携が密接になる」岸川の話は高原には耳新しいようだった。「母親が病気になれば、幼い子供にも精神的な影響が出る。逆に子供の病気でも、母親が悩む。そうした場合、小児科と産婦人科で別々に治療するのではなく、小児・産婦人科で診るのだ。患者も安心だし、二つの科にかかる手間も省ける。診る方も、母と子を一緒に観察できるので、治療もしやすい。もちろんそうなると、医師側の修練が必要になるがね」

「そうでしょうね。二つの科の修得は大変です」

「だが、二つの科を学ぶことで、ものが良く見えるようになる。効率が悪いようだが長い目でみれば得をする。とにかく、ホテルの話は進めてくれ」

「承知しました」

席を立ち、二人で廊下に出た。

「今からひと泳ぎするつもりだ。今日は波もそう高くないだろう」

「今日は凪《な》いでいます」

「こんな時間に泳いでいたら、職員から顰蹙《ひんしゅく》を買うかな」

「院長は特別です。健康管理のひとつですし」

「来客があって、彼女はひと足先に浜に行っている」

「それでは、しばらくビーチにおられますね」高原は腕時計を見た。

「一時間くらいはいる」岸川は答える。「ケイタイも持っていくが、海にはいっていれば聞こえない」

「いえ、海辺まで電話をかけるなど、そんな無粋は致しません」事務長はにこりともしないで応じた。

六階の自室に戻ると春奈の姿はなかった。水着に着替え、浜辺でビーチウェアを脱げばそのまま水の中にはいれる恰好《かっこう》で部屋を出た。

専用のエレベーターで階下まで降りる。玄関脇《わき》のアプローチからプライベート・ビーチに行けるようになっていた。

生垣代わりに植えた夾竹桃《きょうちくとう》が赤白ピンクの花を咲かせている。病院の敷地内の植木の手入れは、院長専属の運転手である柴木吾郎《しばきごろう》にすべて任せていた。実家が植木屋で、自分も二十歳過ぎまで植木職人をしていただけあって腕は確かだった。

夾竹桃の並びに作った枝折戸《しおりど》も吾郎が作ったものだ。風流な戸を押すと、生温かい潮風が顔を直撃する。

まだそこからは海は見えず、波音だけしか耳に届かない。土混じりの細かい砂のところどころに、小さな草が紫色の花をつけていた。何度聞いても名前を忘れてしまい、毎年歯がゆい思いをした挙句、自分だけで〈スナムラサキ〉と勝手に命名していた。

浜を登りきると海が眺望できた。満ち潮で、岩場が半分ほど海面下に隠れていた。

春奈の姿は見えなかった。

上着がきちんとたたまれてサンダルの上に置かれている。春奈の几帳面《きちようめん》さがそんなところにも出ていた。

岸川はシューズを脱ぐ前に、春奈の名前を呼んだ。一度目は小さく、返事がないので、二度目は大きな声を出した。

海の中に人が泳いでいる気配はない。シューズのまま岩場の方に足を向ける。

「春奈」

岸川は足元に黒いものが広がっているのを見た。黒髪だった。

春奈が水着のままうつ伏せになっていた。白い波が腰のあたりまで押し上がり、すっと足首まで後退する。

駆け寄って春奈の身体を抱きかかえる。顔には血の気がなかった。

ビーチウェアのポケットからケイタイを取り出す。

「私だ。プライベート・ビーチにいる。人が溺《おぼ》れている。救急部の医師をよこしてくれ。それから警察にも連絡を頼む」

高原事務長の返事を待たずに電話を切った。

春奈の首の下に左手を入れ、顔をのけぞらせる。白っぽい唇に口を当てて息を吹き込んだ。かすかに春奈の胸がふくらんだような気がした。同じ行為を三回繰り返して、春奈の胸に掌《てのひら》を当てる。水着が邪魔になり、ずり下げると、白い乳房があらわになった。乳首までが色を失っていた。

胸骨の上に両方の掌を重ねて、思い切り体重をかける。一、二、三と口の中で数えながら心マッサージをする。そしてまた息を吹き入れた。しかし息は虚《むな》しくどこかに消えていく。心マッサージも手ごたえがない。大きな人形を相手にしているような徒労感があった。

水平線の向こうに、入道雲がむくむくと立ち上っている。暢気《のんき》な形をしていた。

気をとり直して、再び春奈の唇に口をつけたとき、背後で声がした。白衣の一団が、砂に足を取られながら駆け寄って来る。

「院長、代わります」

救急部の若い医師二人が言い、ひとりはマスクを春奈の顔にあてがい、もうひとりは両手を胸の上に置く。リハーサルでもしたかのような息の合った動きだ。

上腕に二本の注射が射ち込まれるときも、春奈の身体はゴム人形のように受動的にしか動かない。

遠くでパトカーのサイレンが鳴っていた。

心臓を圧迫しながら数える声だけが力強い。しかし春奈はもう人形そのものだった。白衣の二人が大真面目《おおまじめ》で人形と戯れている。岸川の眼にはそう映った。

事務員を先頭にして警官が二人、砂浜を駆け降りてくる。ひとりが砂に足を取られてつんのめった。

「ご苦労さまです」

先に着いた若い警官が岸川に敬礼をした。

岸川は首を振り、年配のほうの警官を見やった。

「もうかれこれ三十分は心肺蘇生《しんぱいそせい》をしています」

年配の警官と岸川は顔見知りだった。三年ばかり前、飲酒運転を見逃してもらったこともある。医師会の会合の帰りに検問にひっかかったのだが、サンビーチ病院の院長だと知って大目に見てくれた。次女が岸川の病院で男児を出産したばかりらしかった。

「もうよかろう。遺体を病院に運んでくれ」岸川は春奈の胸を押している医師に告げる。

「解剖はどうしましょうか」蘇生用のアンビューバッグを押していた医師が、岸川と警官の方に顔を上げて訊いた。

「水死だとは思いますが、司法解剖にしますか」岸川は警官に確かめる。

「どうでしょう。司法解剖になると面倒ですし――」年配の警官は乗り気でない表情になった。

「それじゃ病理解剖にしておきます」岸川は答えた。

看護師が担架を砂の上に置く。岸川は春奈のほつれた髪を整えてやる。担架の前後を医師二人が持ち上げて歩き出す。

「私もあとで解剖室に行く」後ろから伝えた。

「水死でしょうね」年配の警官が岸川に訊いた。

「たぶんそうだと思いますが、彼女は泳ぎは達者です。私がここに来てみると、うつ伏せで倒れていて、もう瞳孔《どうこう》も開いていていました」

「先生のお知り合いで?」

「古い患者です。今日は昼過ぎに着いて、しばらく話をしたあと、私より先に海に出ていました」

「何か病気でもあったのでしょうか」メモをとっていた若いほうの警官が顔を上げる。

「持病はなかった。しかし、泳いでいて何かの原因で身体の自由がきかなくなり、必死で岸まで泳ぎついた可能性はある」岸川は自信たっぷりに答える。

「なるほど」年配の警官が、岸川のビーチウェアも水着も濡れていないのを確かめる。「分かりました。解剖の結果が出たら知らせていただけませんか。いちおう書類に書き添えておきます。ご苦労さまでした」

二人揃《そろ》って敬礼した。

「いや、お世話かけました」岸川は警官を見送った。

焼けつく陽《ひ》が皮膚に痛かった。海水に身体を浸したい気になったが、思いとどまる。

「サンダルとビーチウェアは私の部屋に運んでおいてくれ」居残っていた事務員と看護師に命じた。

病院に戻り、エレベーターで自室に上がり、白衣に着替えた。

霊安室に隣接した剖検室に降りて行くと、病理部長の峯《みね》と助手を務める崎田《さきた》が椅子から立ち上がった。

「始めておいてもよかったのに」

「先生がお見えになるとうかがったものですから。ご家族の承諾は得てあるのですね」峯が訊いた。

「事後承諾でいいだろう。家族といっても、老父母がいるだけだ。弟は四、五年前に交通事故で亡くなっている」

福島にいる春奈の両親に会ったことはない。通夜や火葬をどうするかは、春奈の所属する劇団に連絡して決めるつもりだった。マスコミにもある程度は名の通っていた女優だから、週刊誌の取材も覚悟しておくべきだろう。

「それでは始めさせていただきます」峯がおごそかに言い、合掌する。

解剖台の春奈の遺体は、顔だけ白い布がかぶせられている。一糸まとわぬ肌が雪のように白い。わずかに背中が紫色を帯びつつあった。

峯がメスを春奈の胸に当て、下に向かって一直線に切り裂く。臍《へそ》にかかると小さく迂回《うかい》し、またそのまま恥骨まで一直線に下る。外科医を凌《しの》ぐ鮮やかな手つきだ。

峯のメスは鎖骨の下にも水平の切り込みを入れる。そこから崎田との共同作業が始まり、胸壁から左右に皮下脂肪をはがしていく。

黄色味を帯びた腹部の脂肪組織は、同年齢の通常の女性よりは少ない。

岸川と知り合った十年ほど前から肥満を気にして、プールに通い出していた。この歳《とし》になっても、ショーウィンドウの中のマネキンが着ている服が、そのまま似合うというのが春奈の自慢でもあった。

岸川は遺体に近づき、顔の布をとる。いつもと同じ寝顔だが、身体にメスが入れられるたびに弱々しく揺れる。

むき出しになった肋骨《ろっこつ》はすべて切断されていた。峯が箱物の蓋《ふた》を開けるようにして、胸壁をすっぽり取りはずす。内臓がむき出しになった。

「先生、卵巣は保存しますか」念のために、という顔で峯が訊いた。

「培養できるね」

「はい。まだ死後一時間ですから」

「じゃ、頼む」

峯は下腹部に手を入れ、子宮をこころもち浮かした。右手で持った鋏《はさみ》で両側の卵巣を切りはずして、崎田のささげ持つステンレス容器に入れた。

卵巣の剔出《てきしゅつ》が終わると、峯は肺の切り離しにとりかかる。若い頃、四年ばかり煙草《タバコ》を吸っただけにしては黒く汚れた肺だった。

峯が離断した肺を秤《はかり》に載せ、重さを計る。口述する数値を、崎田がシートに書き写す。

「水死だね」岸川が確かめる。

「はい。気管の中まで海水が貯留しています」

峯が計り終えた肺に包丁で割《かつ》を入れた。肉屋が使うような刃渡りの長い包丁だ。

「肺水腫《はいすいしゅ》の状態です」割断面を見て峯が言う。

「心臓はどうかね」

峯はまた鋏を手にして、心臓をはずしにかかる。

「梗塞巣《こうそくそう》もないし、きれいな心臓です」

「伝導異常があったかどうかは分からないな」

「それは、ちょっと調べがつきません。分かるのはあくまでも形態的な変化ですから」

峯は心臓の左心室に包丁の刃を入れ、割面や、弁の具合を調べる。キュービック遊びをする手つきに似ていた。

「そうすると、いわゆる心臓麻痺《まひ》というよりも、泳いでいるうちに足の筋肉が硬直して溺死《できし》したというのが、妥当な線だな」

「死体は海底に沈んでいたのではないですよね」峯が首を傾《かし》げる。

「波打ち際にうつ伏せになっていた」

「最後の力をふりしぼって岸まで泳ぎつき、そこで力つきたのでしょうか」

「他に何か考えられるかね」

「余力があれば、立ってもよかったのでしょうがね」

「そんな力も残っていなかったのじゃないかな。もう少しで足が立つという所で息絶えて、あとは波で浜辺に押し流されたとも考えられる」

「そうですね」峯はうつむいたまま答えた。論議よりも、臓器の剔出のほうに注意を向けていた。

胸郭の内部が空洞になり、腹腔内《ふくくうない》の臓器も次々とはずされる。

「肝臓もきれいなものです」肝臓に割を入れて峯が言った。

「酒も飲まなかったからな」

岸川はがらんどうになった赤い体腔をのぞき込む。初めて眼にする春奈の内部だった。

崎田の横に立ち、峯部長のメスの動きを見つめる。十年前、春奈と知り合ったのは大学病院でだった。不正出血で悩んでいたが、短期間のホルモン治療で治り、その後春奈から芝居の切符を貰《もら》ったりして親しくなった。しかしいずれこういう形で別れが来ることは、既に予感していたような気もする。

「あとは頼む」

嘆息をひとつして岸川は扉の方に足を向けた。

2

水木理香《みずきりか》の人工妊娠中絶のための前処置は順調に経過していた。二日前に抗プロゲステロン剤二百ミリグラムを服用させ、その後六時間毎《ごと》にプロスタグランジンE_1を膣内《ちつない》に投与していた。早朝に陣痛が始まり、理香は分娩室《ぶんべんしつ》に運ばれた。

特別病室にひとり残された井上幸三《いのうえこうぞう》会長の傍に岸川はいた。

「注射が効いているのか、何かこう雲の上の住人になったようですな」

こころもち顔を岸川に向けて井上会長が言った。三十分前に看護師が前処置の精神安定剤を注射しに来たばかりだった。

「雲上人《うんじようびと》の気分ですか」岸川が微笑しながら応じる。

「確かに。普通なら、頭に穴を開けられるのですから、心配でたまらないのに」注射薬のせいで、しゃべり方もとろくなっている。「なにしろ手術と名のつくものは初めてですからな。薬は六十過ぎてから飲んでいるパーキンソン病と高血圧の薬だけ。心細くなるのも当然かもしれん」

「昼過ぎ、麻酔から醒《さ》めると、そこのベッドに理香さんが寝ていますよ。ハネムーンみたいなものです」

「ハネムーンね。会社の者にも家の者にも、二週間の出張だと言ってある。行き先は訊《き》かれたのでモンテカルロだと答えた。咄嗟《とっさ》の返事だった。おととし行ったのが頭の中に残っていたのだろうね」

「一度行った場所なら、うまく切り抜けられます」

「先生はもう行かれたでしょうな」

「まだです。来月、学会があるので行きます」

「ほう。泊まるのはパリホテル？　それともエルミタージュ？」

「会議場に隣接しているグランドホテルです」

「自動車レースのコース脇《わき》にあるホテルですね。そうですか。じゃ土産話が聞けますな」

「手術が終わったら、私のほうこそ、会長から情報を仕入れておきたいものです。カジノでの稼ぎ方など」

「カジノでは一晩で二百万すってしまったよ。それよりも、お勧めは水族館。美しさからいけば世界一かもしれん。たった千円の入場料で丸一日楽しめて、これ以上安いものはない。熱帯魚というのは動く宝石。ガラス張りの水槽は、さしずめ動く絵画だね」

「そうですか、是非行ってみます」

　岸川は部屋の壁時計に眼をやる。

「理香のほうの手術は心配ないのだろうね」不安気に井上会長が訊いた。

「それはもう。通常の出産と同じで回復も早いです」

「法的にも問題ないのだね。万が一の場合、わしらが困るのがその点なのだ」

「問題ありません。母体が妊娠中毒症で危険な状態にあり、止《や》むを得ず中絶したのですから、文句をつけようがありません」岸川はここぞとばかりに強調する。

「安心した。うまくいけば、毎年二千万円の助成金をこの病院に出させていただく。研究費の足しになればありがたい」

「ありがとうございます」

岸川は床頭台にあったボタンを押した。すぐにドアにノックがあり、主治医の沢《さわ》部長と二人の看護師がはいって来た。

ストレッチャーに乗せられると、井上会長は観念したように目を閉じた。

エレベーターに乗り、三階の中央手術場で降りた。そのまま中にはいっていくストレッチャーを見送って、岸川と沢は更衣室にはいった。

「妊婦のほうも準備万端だね」岸川は沢部長に訊く。

「さっき見て来ましたが、陣痛の間隔が短くなっています」

肘《ひじ》から下の手洗いを入念にすませて、術衣を看護師から着せてもらう。プラスチックの手袋をはめて手術場の中央に立つ。

手術場はドーム型で、放射状に六個の手術室が配置されていた。一号室に搬入されているのが水木理香で、井上会長は三号室にいた。井上会長のほうは沢部長に任せ、岸川は一号室にはいった。

手術台に近づき、術者の白木部長《しらき》の肩越しに、膣の開き具合を確かめる。

「まだ降りていないんだな」

「すぐそこまで来ているのですけど」白木が答えた。

膣の開口部分がいく分広がり、黒いものが内側に見えた。

「はい、もう少しよ。もう一度いきんでみて」

白木が言い、看護師も同じ科白《せりふ》を妊婦の耳元に吹きこむ。

「もうイヤ」理香が泣き声を出す。

「切ったらどうだい」岸川が助言する。

「そうですね」

白木が頷《うなず》き、メスを膣の開口部に当てた。鮮血が飛び散り、開口部が一挙に広がる。

白木が鉗子《かんし》を入れて、胎児の頭を挟み込む。回転させながら引き出すと、弱々しい泣き声が胎児の口から漏れた。

「無事にすんだわよ。よく頑張ったわね」

看護師が理香の手をとって慰める。

岸川は二号室にはいって新生児を待ち受けた。

臍帯《さいたい》を切られ、身体《からだ》を清拭《せいしき》された新生児が、岸川の前に横たえられたのは三分後だ。泣き声は止んでいたが、微弱な呼吸も、心臓の鼓動も停止してはいない。

「三号室の準備ができているか見て来てくれ」

岸川から命じられて看護師が出て行く。

「先生、こちらはいつでもＯＫです」沢部長の声がスピーカーから聞こえてきた。

岸川は新生児にマスクをあて、麻酔薬をかがせた。わずかに動いていた手足がぐったりとなる。小さな身体を金属の台の上に横たわらせ、バンドで固定する。

トレイの中の器具からメスを選び出して、新生児の頭部に当て、十字に切り開いた。まだ閉じていない大泉門《だいせんもん》から髄液が流れ出す。メスを鋏《はさみ》に持ち替えて、新生児の頭頂部を丸く切り出し、ガーゼで創部《そうぶ》の周囲をぬぐった。白っぽい硬膜が露出する。別の鋏で硬膜を外側に開いた。ひとくちケーキのような脳が見えていた。鋏を鉤《こう》に持ち替え、脳をわずかに浮かせるようにして、周りに割《かつ》を入れる。

岸川の右手に新生児の脳が載っていた。

「これを持って行ってくれ」岸川は脳をシャーレに移し、看護師に指示を出す。

看護師が出て行ったあと、岸川は新生児を固定していたバンドをはずし、喉元《のどもと》から下腹部までメスで一直線に割を入れた。出血はなく、傷口に血がにじむ程度だ。心臓と肺を切り出して、それぞれをシャーレの中におさめる。胸部の処理をすますと腹部の臓器の剔出《てきしゅつ》にかかる。肝・腎《じん》と膀胱《ぼうこう》、卵巣と子宮が鮮やかな手つきで切り出される。

最後に岸川がメスを入れたのは、新生児の眼窩《がんか》だった。瞼《まぶた》を開けて、先がスプーン状になったメスをさし込む。両方の眼球があっという間にえぐられ、シャーレの中におさめられた。

それぞれの臓器がはいったシャーレを、看護師がアルミ製の容器に入れる。

全臓器を剔出された新生児の死体は、岸川の手で青いポリバケツに入れられた。そのバケツとアルミの容器を、看護師が手術室の壁にある運搬用のエレベーターに押し込む。

「ファームに、あとで顔を出すと言っておいてくれ」

岸川は看護師に声をかけ二号室から出た。

隣の三号室にはカセットテープでタンゴの曲が流れていた。

「井上会長のリクエストですから」沢部長が眼で笑う。「古めかしい日本の曲よりはいいでしょう？」

おごそかな手術場に、弾む調子のタンゴの曲は不釣合いだが、当の井上会長は麻酔で眠っている。頭部はしっかり固定され、二ヵ所に太い針がさし込まれていた。

「写真ができました」

脳外科のスタッフが四枚のフィルムをヴューボックス（X線フィルム観察箱）に並べた。

沢と岸川は近づいてじっと眺める。頭蓋《ずがい》の中にさし込んだ針の位置が大脳の一点に届いているか、フィルムで確かめた。

「いい位置じゃないか」岸川が言った。

「それじゃ、注入します」

沢部長が答え、注射器を手にした。すりつぶした新生児の脳の一部を吸い取り、頭部に突き刺した針の中に注入する。それが終わると、別の注射器を使い、血小板由来の成長因子を入れた媒液を同じ場所に注ぎ込む。すべてを無菌的に扱い、針の位置さえ間違わなければ、簡単な手技だった。

「こっちのほうは万事うまくいっても、問題は新生児の母親だろうな」針を抜き始めた沢部長に岸川が言った。

「理屈で分かっていても、いざ出産したあとは、やっぱり本能が頭をもたげるでしょうからね」

「本能ね」岸川が頷く。「赤ん坊の泣き声を耳にしたようだから、なお辛《つら》かろう」

「死産とは違いますし」

沢部長は針を抜き、骨くずを練ったパテで頭蓋骨の穴を塞《ふさ》いだ。

「まあ次回は本当に立派に出産してもらおう」

岸川は沢部長が皮膚縫合にかかるのを見届けて、手術場を出た。更衣室で白衣に着替え、五階の特別病棟に上がった。病室には水木理香が戻っていた。放心した顔を天井に向けたままの理香の脇で、白木と看護師が慰めの言葉をかけている。

「会長の手術はうまくいった」岸川が告げる。

「ほら水木さん、手術は成功したのですって」白木が甲高《かんだか》い声を出す。

「成功したかどうかは、まだ経過を見なければ分からんがね。ともかく手術は上首尾だった。たぶん脳の中で新しい細胞がうまく成長してくれると思う」岸川は理香の手を取って、上からのぞき込む。「水木さん、よく頑張った。初めての体験だから辛かったろう」

「あたし泣き声を聞いた。赤ちゃんはどうしたの？」

「だからさっきも言ったでしょう。赤ん坊は死んで、その脳の黒質が会長の脳の中に入れられたって」白木が説明する。八十キロはある肥満体から出る声はあくまでも女性的だ。

「赤ん坊の半分は会長自身の遺伝子がはいっているので、拒絶反応はほとんどない。しかも新鮮な細胞なので、脳の中でどんどん成長し、ドーパミンを出してくれる。そうすれば、会長が十年来患《わずら》ってきたパーキンソン病も嘘《うそ》のように良くなる。このままだと薬の効果も限界があって、会長の身体は石のようになり、寝たきりだ。それを救う道はこの手術しかないし、それが出来るのは水木さんだけなんですよ」岸川が補足する。

　理香の無表情は変わらない。しかしいつの間にか涙は止んでいた。

「ね、院長先生のおっしゃるとおりよ」担当の看護師が顔を近づけて諭《さと》す。「救えるのは水木さんだけなの。会長さんにはもっともっと活躍してもらい、世の中の役に立ってもらわなければならないわ」

「赤ちゃんは流産したと思うのよ」白木から言われて、理香の目にまた涙が溢《あふ》れ出す。

「でもちゃんと泣いていた──」

「井上会長が元気になったところを見れば、きっとあなたも分かってくれると思う。今は私から、ありがとうと言わせてもらいます」岸川の口調には押しつけがましさがなかった。

「じゃ、私の手を握ってくれませんか」岸川がさし出した手を、理香がそっと握りしめる。

「ありがとう。まもなく会長が隣のベッドに戻って来られる。しばらく二人きりにしておきます。必要なときは呼び鈴を押して下さい。看護師がすぐ駆けつける。私も夕方にもう一度来てみます」

岸川は白木と看護師に目配せをして部屋を出た。

「先生、大丈夫でしょうか、ひとりにして」ドアを閉めて、白木が訊いた。

「今はひとりがいい。彼女、もともとヤワな人間ではないのだろう？」

「そりゃもう。中学高校時代は親泣かせの不良だったと、自分でも言っていました。不良仲間の中絶費用を稼ぐのにゆすりをしたのもその頃です。今になってやっと、その中絶の恐ろしさが分かったのですよ。会長と知り合って、まともになったのです」

「そんな感じだな。いずれにしても、時間をかけていたわってやろう。一種の喪の作業」

「分かりました」

「ともかく二人が元気になったら、クルーザーに誘おうかとも思っている。夕陽《ゆうひ》を眺めながらうまい食事でもとれば、悲しみも薄らぐ」

「それは名案です」白木が満足気な顔になる。

外来に戻る白木と看護師を一階で降ろし、岸川はエレベーターに鍵《かぎ》をさし込み、さらに下に向かった。

地下二階に〈ファーム〉があった。エレベーターを出た左側に金属製の扉があり、〈関係者以外、立入禁止〉の札が掛かっている。岸川は扉の中央に設置されたセンサーに左手の甲をかざす。扉は音もなく開いた。

白い廊下の先は更衣室になっていた。白衣を青い上着に替え、同色のスリッパにはき替える。ビニールの帽子を頭にかぶったあと、消毒液で手を洗った。

更衣室を出、L字形の細長い廊下を曲がり、手の甲に埋めたチップを再び壁のセンサーに当てる。中仕切りの扉が開き、廊下の床がリノリウムから粘り気のあるものに変わる。広いガムテープの上を歩いているような感じだ。

さらにその先にある丸い穴を覗《のぞ》き込むと、岸川の右目の網膜の走行パターンを検知器が認識し、ステンレスの扉が左右に開いた。

一連の行動は、廊下にとりつけた隠しカメラが写しとり、ビデオに記録されていた。手の甲のチップと網膜による個人識別で、これまで〈ファーム〉の中に部外者がはいったことはない。

「さきほどの臓器は凍結し終えました」

岸川の姿を認めてファーム長の鶴《つる》が近づいて来た。名前は鶴だが、長い首の上に平べったい顔がのり、下半身がいやにでっぷりしているので、岸川はいつも駝鳥《だちょう》を連想してしまう。おまけに声までもだみ声だ。

テーブルについて作業中のエンブリオロジストたちが岸川に会釈をする。五人全員が青い防菌服を着、防菌帽をかぶっていた。

岸川は鶴と一緒に培養室にはいる。中央の処理台の両側に二十基の棚が配置され、ステンレスとガラスの容器がびっしり詰め込まれていた。

「この間の死体からの卵巣、うまく培養できたか」

「はい。未熟卵をいつでも採取できるようにしています。必要となれば、体外成熟が可能です」

「あとで顕微受精に使う」

「いつ頃になりますか」

「この一週間のうちだ」岸川は少し考えて答える。「さっき送った胎児の臓器も処理はすんだな」

「はい。凍結保護剤を使って急速冷凍中です。これも必要に応じて融解培養ができます」

「ご苦労」

岸川は答え、顕微鏡の並ぶエンブリオ室に戻る。鶴をのぞいた五人のエンブリオロジストのうち四人は女性で、さまざまな作業に従事していた。精液の中から生きのいい精子を選び出す精子調整、精子の活性化、卵子の細胞質内に精子を注入する顕微受精、あるいは通常の試験管内受精、受精卵の培養、分割卵の確認など、熟練を要する一連の仕事があった。

胎児から取り出した臓器の凍結貯蔵と培養も、エンブリオロジストたちに任せている。もちろん胎児そのものの凍結保存も可能で、二日前に人工妊娠中絶させた女子高校生の小さな胎児も、今はマイナス百九十六度の冷凍庫に収まっている。将来必要となれば融解して、各臓器を大きくすることもできた。

「先生、男性に着床させたエンブリオは育っていますか」鶴が声を低めて訊いた。

「これまでのところ異常ない。来週診察することになっている。今がちょうど十二週だ」

「やっぱり、腹は大きくなるものですか」

「もともと肥満体の男を選んでいるからね。今のところは目立たない。これからどうなるかが面白い」

「どんな感想をもつのでしょうかね。本人は」鶴が興味津々といった顔をする。

「当人は何も知らない。腹部にできた腫瘍《しゅよう》を定期的に検査しているとだけ説明している。エンブリオが大きくなったら、手術だと言って開腹する」

「無事育つといいですよね。世界中があっと驚きます」

「驚くより、非難が集中するだろう。自然の摂理に反するとね。しかしクローン人間作りよりはましだ。少なくとも受精という神の摂理だけは遵守《じゅんしゅ》しているのだから」

「そのとおりです。エンブリオという出発点は守るというのが私たちの理念です」

鶴は両手をこすり合わせる。岸川が日頃から口にする常套句《じょうとうく》が、いつの間にかすらすらと鶴の口から漏れるようになっていた。

「経過が分かったら知らせる」

鶴の肩を叩《たた》いて岸川は出口に向かった。扉の前で振り返る。

「ここに来るたび、銀行の地下金庫を思い出す。確かにこのファームは病院の金庫だよ、一番重要なものが詰まっている」

「ありがとうございます」岸川に鶴が深々とお辞儀をした。

ファームにはいるときの煩雑《はんざつ》さと比較して、出るのは簡単だ。更衣室で防菌服から白衣に着替えた。

一番奥の直通エレベーターに鍵を入れ、そのまま最上階まで上がった。

自室にはいり、カーテンを開く。駐車場が見え、通路脇のいぬつげを柴木吾郎が剪定《せんてい》していた。スキンヘッドの頭に橙《だいだい》色《いろ》の帽子をかぶり、足には黄色いゴム長をはいているが、上半身はTシャツ一枚だ。肌を出していても蚊が寄りつかぬ奇妙な体質だと自慢していたのは、どうやら本当らしかった。植木職人だった死んだ父親も、跡を継いでいる兄も同じ体質というから、特異な血が先祖代々引き継がれているのかもしれない。

岸川は机の上の受話器を手にして吾郎を呼び出す。ジーンズのポケットに入れたケイタイが鳴り出したのだろうか、吾郎は剪定鋏を置いてケイタイを耳に当てた。

「私だが、金曜日に来院予定になっている兼頭《かねとう》には、ちゃんと連絡がついているだろうね」

院長室から一部始終見えるのに、先方からはこちらが見えていないのがおかしかった。

「はい。木曜日の夜こちらに連れて来て、ホテルに一泊させ、金曜日の診察に備えるようにしていています」電話先で吾郎の声が響く。「風呂《ふろ》にはいって髪も切り、さっぱりさせないと、先生に失礼にあたりますから」

「不摂生はしていないだろうな。酒びたりだと、せっかくのものが駄目になる」

「酒はやめているようです。食い物も、コンビニとわたりをつけているので、自分たちよりはいいのを食っていると思いますよ」

「ならいいが。頼んだよ」

「かしこまりました」

見えない相手に頭を下げる吾郎を見おろしながら、岸川は電話を切った。

この実験の被験者として兼頭を見つけて来たのは吾郎だ。ホームレスのリーダーにわたりをつけ、仲間の中から大人しい者を選び出していた。

初めは新薬の実験だと言い含めてホルモン注射をし、次の段階で、腹部に腫瘍があると宣言した。良性か悪性かを確定するための処置だと称して、腹腔鏡《ふくくうきょう》手術をしたのが三ヵ月前だ。腹腔鏡で大網《だいもう》の裏側に特殊膜を縫いつけ、さらに局所にホルモン注射をしたあと、三個の受精卵で着床を試みた。二週間後そのうちの一個が着床しているのが判明した。

兼頭には新薬の治験に協力したという名目で、吾郎が何がしかの小遣いを渡しているはずだった。二週に一回の診察に対しても、医学的に珍しい腫瘍だから院長のお情で謝礼が出ていると、吾郎には説明させていた。

「たとえ実験が失敗しても、悲しむ者はいません」吾郎はこともなげに言った。「ホームレスの連中は、毎月何人かがどこかで誰にも見とられずに死んでいきます。この間は、酔いつぶれて公園のベンチの下で寝ていた男が、朝方冷たくなっていました」

その吾郎が剪定を終え、切り落とした葉と枝を掃き集めていた。

岸川は特別病棟のナーシング・ステーションに電話をして、井上会長が回復室から戻ったのを確かめた。

病室の中で二人はベッドに横になっていた。井上会長は頭を包帯で巻かれたままだ。

「まだ麻酔が残っているのでしょうな。ぼうっとして夢見心地です」会長が顔を向けた。「さっきは本当に夢を見て、天国のような所にいた。ちゃんと歩けて、ひと足ごとにぴーんぴーんと身体が浮く。ほら月面で歩いているような。パーキンソン病の患者とは正反対の歩き方だった」

「さい先の良い夢です」岸川が応じる。

「こいつのおかげだ」会長は理香の方に眼をやる。「先生たちにだいぶ無茶を言ったらしいね」

「無理ないです。悲しみによく耐えていると思いますよ」

「もういいの」天井を見たまま理香が答える。「二度と言わない」

「ここを退院したら、わしが懇意にしているお寺さんにお詣《まい》りしようと思っている。寺には専属の仏師がいるので、小さなお地蔵さんを作ってもらおうと思う。水子供養だ」

「いい考えです」

「何もかもあなたたちと理香のおかげだ。この入院、モンテカルロに出張していることになっているが、来年の春くらいには理香を本当にそこに連れて行ってやりたい。その頃には病気も良くなっているだろうね」

「九割方、大丈夫だと思います」

「十割ではない？　残りの一割にならないための方策はないのかね」半ば冗談ぽく井上会長が訊いた。

「脳に良い刺激を与えているほうが、予後は良いようです」

「なるほど。要するに楽しむのが養生になるのですな」我が意を得たとばかり、会長は納得する。

「退院が近づいたら、船の上で夕涼みをしながら、うまいものでも食べましょう」

「そうか、先生は船を持っておられた」

「個人所有ではなく、病院の福利厚生のために購入したものです。事務員の中に、機関士や操縦の免許を持っている者もいます。料理はもちろん、病院の厨房《ちゅうぼう》で一番腕のよいコックを呼び寄せます。船上の食事は格別です」

「私もアルコールが飲めるのかな」

「少しぐらいはいいでしょう」

「楽しみ」理香が小さく声をあげた。

「理香はこう見えても、海辺の育ちらしいんだ。小さな頃は真黒になって泳いでいたというからね」

岸川の眼にはもう、二人が船上でくつろぐ情景がありありと浮かび上がっていた。

3

「それはできない相談ではありません。それどころか、一〇〇パーセント可能です」岸川は身を乗り出して武藤直子《むとうなおこ》に言った。

「まさかこんなことになろうとは思ってもいませんでした」直子は整った顔を曇らせる。

「よく決心されたと、私は誉《ほ》めてあげたいくらいです。普通の女性なら、こんな不幸には耐えられないでしょう」

「三年前に夫を失ったときは、本当にショックでした」

「膵臓癌《すいぞうがん》はたちが悪いですからね。なかなか症状が出ないし、出たときはもう手遅れです。ご主人のような多忙な方だと特にそうです」岸川は慰める口調になる。

「疲れやすいと言うので、一度人間ドックにはいったらどうかと勧めてはいたのです。でも本人はあのとおり、大学時代にラグビーをやっていたので身体《からだ》には変な自信がありました。わたくしがもっと強く検査を勧めていればと悔やまれます」

直子は眉《まゆ》をひそめた。手入れのいきとどいたなめらかな肌だが、眉間《みけん》にほんの少し皺《しわ》がはいるだけで、表情が明から暗に変わる。「その一年後に、悠一《ゆういち》のあの事故でしょう。もう生きていられないと思いました」

直子の顔がすっと青味を帯びる。当時の記憶をたぐり出すだけで、今でも半ショック状態に陥るのだ。

「その知らせには私も愕然《がくぜん》としました」直子の様子に眼を配りながら岸川は言った。「神も仏もない、とはあのことでしょうね」

「――――」直子が黙って頷《うなず》く。

遺児である悠一が通っていた幼稚園の送迎バスに、居眠り運転のダンプカーが交差点で突っ込み、九名の園児が重軽傷を負った。重傷者のうち意識不明の重体だったのが悠一で、翌日死亡したのだ。

岸川がそれを知ったのは新聞とテレビで、眼はニュースに釘《くぎ》づけになった。というのも、子宝に恵まれなかった夫妻に、顕微受精を成功させたのが岸川だったからだ。夫のほうに、精管が先天的に欠損している閉塞性《へいそくせい》無精子症があった。

直子は夫に死なれてから、けなげにも人材派遣会社を興《おこ》していた。その事業がうまく行き出した矢先に襲った不幸だった。悠一の一周忌に、岸川はひとりで直子の家を訪れ、夫と子供の位牌《いはい》に焼香した。悔やみを述べてから、新たな受精の話を切り出したのだ。

驚いたのは直子のほうで、大きな目を見開いた。

「何も今すぐにとは申しません。熟考されてからで結構です。あのとき分割した受精卵は、十年後五十年後いや二百年後でも有効で、いつでも取り出せるのです」

念のために耳に入れておきます、と岸川は頭を下げ、その場を辞した。

直子から連絡がはいったのはそれから半年後で、改めて例の話を聞きたいと言う。岸川が快く承諾したのはもちろんだ。

「でもよくぞここまで気をとり直されました。一周忌にお宅にうかがったときは、この先どうされるのかと思いました。もしかしたらと、最悪の事態も頭をよぎりました」

「本当に死ぬことばかり考えていました。結局自分の手で死ななかったのは、仕事を持っていたからですわ」直子は澄んだ目を岸川に向ける。「軌道に乗り出した会社を畳むわけにはいかなかったのです。わたくしばかりでなく従業員の生活も預かっているのだと、気を張って事務所に出ました。あとで聞くと、従業員たちもなるべくわたくしが暇にならないように、用事を持ち込むようにしていたようです。疲れ果てて家に帰り、眠るだけの生活が一年以上続いたでしょうか。気がつくと、なんとか生きて行こうという境地になっていました。そんなときです。岸川先生の言葉が頭の中に浮かんできたのは――」

「思い出していただけて光栄です」

「いいえ、こちらこそ気にかけていただき、お礼の申し上げようもございません」直子はしとやかに頭を下げた。

「それにこの基礎体温表があれば排卵日の予想もつきます。術日も決定しやすい」

「その体温表は先生のお話のなかにあったので、何気なくつけ始めたのです。どうこうしようという気持はありませんでした。ましてや出産など論外です。目が醒《さ》めたら体温を計る。

ひとつの決めごとにして、毎朝それを重ねてだんだん表らしくなってくると、それでもわたくしは生きているのだなあと、力が湧《わ》いてきたりしたのですよ。不思議なものです」その時を思い出したのか、目を細めた。「それで、保存していただいている受精卵というのは、悠一とそっくり同じものなのですね」

「同じです。あのとき、ご主人は精路吻合術《ふんごうじゅつ》よりも、精巣上体からの精子吸引術を選ばれました。そのほうが短期間で妊娠が得られるからです。そうやって取り出した精子を使って、顕微鏡下であなたの卵子と受精させました。その受精卵は培養液の中で分割を開始し、二細胞、四細胞、八細胞と文字どおりネズミ算式に成長していきます。その一個の受精卵が二つに分割したところを切り離し、ひとつは妊娠させるために、子宮に着床させ、残りの一個はそのまま凍結保存しています。通常は、そういう方法はとりませんが、あのとき、ご主人の依頼で、スペアをひとつとっておくようにしたのです。今から考えると、ご主人は自分の運命に、何か予感のようなものが働いていたのかもしれません」

　実際、岸川が顕微受精について詳しく説明したとき、思いついたように目を輝かせ、貯蔵用のスペア受精卵のことを口にしたのは武藤だったのだ。外資系の会社の営業マンだけあってさすがに呑《の》み込みも頭の回転も速いなと、岸川は感心した。

「そうすると、双生児と同じなのですね」直子が少し不安気な視線を向けた。

「全くの一卵性双生児です。言うなれば、双生児を七年の間隔を置いて出産することになります。普通は数分、長くても数時間の差で、双生児に年齢の差なんてありませんが」

「生まれて来る子も悠一とそっくりですね」直子の顔にほんのり赤味がさした。

「もちろん。あのときご主人の精子も凍結備蓄しています。これは何回も手術で痛い目にあわせないために、誰にでも普通に行っている処置です。ですから、その凍結精子を使うか、凍結受精卵を着床に用いるかは、直子さんの自由です」

岸川は直子の整った顔を凝視した。形のよい唇がためらいがちに開く。

「悠一と瓜二《うりふた》つの子供は、分割した受精卵でしか得られないのでしょう？」

「そうです。凍結精子を使えば、普通の同胞が生まれるのと同じです」

「凍結卵のほうを選ばせていただきます」直子は言い切った。「こういう例は、先生はもう経験なさっておいでですか」

「いや。世界の例は知りませんが、日本では初めてでしょう」

「周囲には、主人の凍結精子で人工受精をしたと言ったほうがいいのでしょうね」直子が何かを確かめるように訊《き》く。

「凍結していた受精卵を使ったと言われてもいいと思います。それなら国内外で相当にやられていることですからね。しかしスペアの受精卵を使ったのが公になると、マスコミがあれこれ書きたてるでしょうね」

「先生が困られますか」直子が上眼づかいになった。

「私は困りません。事実ですから」岸川は途惑いがちに答える。

「やっぱり、凍結精子で人工受精をしたと言っておきます。悠一とそっくりの赤ん坊ができても、不思議ではないし――。先生、決心がつきました。お願いします」直子が居住まいをただし深々と頭を下げた。

「分かりました。術日は体温表を基に考慮して決めましょう。当日は病室に一泊していただいて、安静を守ってもらい、翌日の午後には退院です」

岸川は直子をドアまで案内する。送り出すとき、直子が足を止めた。

「名前は悠二《ゆうじ》にします。悠一の部屋をそのままにしていて、本当に良かったと思います」

「悠二くんですか。いい名ですよ」

「今日は帰りに主人の菩提寺《ぼだいじ》に寄って、このことを報告します」直子がようやく笑顔を見せた。

エレベーターの前で待った。直子がすらりと背が高いのに岸川は改めて気がつく。スカンジナビア航空の客室乗務員をしていた頃、夫に見初《みそ》められたというのも納得がいく。

「先生のお部屋、素敵ですね」直子が言った。「内装もですけど、眺望が素晴らしいです」

「いえいえ、男やもめのむさ苦しい部屋です」

岸川は謙遜《けんそん》し、エレベーターの中にはいる。直子のほのかな香水が匂《にお》った。

岸川だけは五階で降りた。直子が丁寧にお辞儀をした。

特別病棟に行き、井上会長の特別室をノックする。中から理香の返事があった。

井上会長はベランダに出ていた。頭にはターバンのように包帯を巻いていたが、白いガウンを着てくつろいでいる。

「大丈夫ですか、外に出て」

「いけないのかね、外は」

会長から椅子《いす》を勧められて丸テーブルの向こう側に坐《すわ》る。遅い昼食でもとっていたのか、テーブルの上にはジュースや果物がのっている。

「海外旅行と言った手前、少しは陽焼《ひや》けしていたほうがいいと思ってね。実際、クーラーを効かした室内より、外の潮風が涼しい」

「岸川先生も何か召し上がります？」理香が声をかけた。

「お昼はすませたばかりです」

「何でも作りますけど。スパゲティでもグラタンでもチャーハンでも」

「理香のやつが、こんなに料理上手だとは思わなかった」井上会長が眼で理香を追った。

「あたしのは料理ってものじゃないの。レトルト食品を温めたり、かきまぜたりするだけだもの」理香はメロンの載った皿を岸川と会長の前に置いた。

自分用にももうひと皿持って来て、一緒にテーブルを囲む。ひとつひとつの動作に弾みがあり、手術の衝撃から立ち直りかけているようだった。

岸川は、テーブルクロスの上に置かれた井上会長の手にもさり気なく眼をやる。震えはほとんどなく、小さなフォークでさしたメロンの塊もすんなり口の中におさまった。手術前よりも手の動きが円滑になっているのは明白だ。

「あたしに食べさせて」

理香がテーブルの向こうで、口を開けた。会長が手を伸ばしてフォークをさし出す。メロンの塊は理香の赤い舌の上に無事におさまる。

「以前は、こんな芸当はできなかった」

「うまくいったのですね」理香が岸川を見た。

「あなたのおかげです」

岸川から言われ、理香の目がさっと赤らむ。井上会長が手を伸ばして理香の手に重ねた。

「わしが良くなったら、自分も手術を受けたいという友人がいる。商工会議所の理事を引退したばかりの男だがね」

「いくつですか」

「七十八だが、気持はわしよりも若い。持病はこの病気だけでね。内服薬はもらっているが、わしよりは効きが悪い」

「薬効にはどうしても個人差がありますから」

「わしがこの調子で元気になったら、羨《うらや》ましがるだろうな」

「でも、赤ん坊が必要なのでしょう?」理香が小さな声で訊く。

「問題はそこだ。堅物《かたぶつ》だから、わしのようにはいかん」井上会長が苦笑する。

「それでも方法があります。手続きは複雑ですが」岸川が答える。「女性に依頼し、人工受精で妊娠してもらい、その胎児を使うのです」

「しかし、わざわざ妊《みごも》ってくれる奇特な女性がいるかかな」

「これ次第です」岸川は札を数える仕草をしてみせた。

「どのくらいかね」

「まあ、三本もあれば、こちらで探してみますよ」

「三本？　安いじゃないか」

「三本というと三百万円？」理香が甲高い声を出す。「あたしも欲しいな」

「お前には、その何倍も用意している。心配するには及ばん」

「じゃ、あたしが女の子を探してやってもいいよ」

「こればかりは契約をきちんとしておかないと、あとでいろいろ問題が起きます。代理母と同じです。代理母として妊っているうちにお腹《なか》の赤ん坊に愛着がわき、赤ん坊の引き渡しを断って、依頼主との間で裁判沙汰《ざた》になった例もあります。合衆国の話ですが」

「しかし、事前に弁護士を入れて契約を交わしていたのだろう？」会長が訊いた。

「契約書はあったのですが、そもそもこうした一種の養子縁組に金銭のやりとりをすること自体、法律違反なのです」

「結局どうなりました？」

「監護権という妙な権利は依頼主に認められましたが、親権は代理母にあるとされたので、代理母は自由にその子供に会いに行けるという判決で落ちつきました。その逆に、代理母がエイズ感染者だったので、赤ん坊もエイズにかかっていて、依頼主が引き取りを拒否した例もあります」

「しかし、この手術のための赤ん坊は、妊娠六ヵ月から九ヵ月で人工中絶されるのだから、それほどのごたごたは起こるまい」

「いえ、日本ではそもそも代理母が認められていないので、隠密裡《おんみつり》に事を運ぶしかありません」

「そうだろうな。いずれ、相談に来させるかもしれない。そのときにはよろしく頼む」

「どうぞ」

岸川は請け合った。商工会議所の前理事であれば、実業界への影響もまだ相当なものだろう。コネをつけておけば、今後の病院発展のためには何かにつけ有利には違いなかった。

理香の心理的な回復をそれとなく確かめて、岸川は席を立つ。手術後にあれだけ取り乱していたのが嘘《うそ》のようにおさまっていた。やはり若さだ。

「今週の金曜日、夕方お迎えに上がります。船の上での夕涼みとごちそうです」

「ほう、楽しみだね」会長は満足気に手を上げた。

岸川は部屋を出、六階の自室に戻る。三時に約束があった。児島加代《こじまかよ》の来訪はいつもトンボ返りだった。東京から朝一番の飛行機で来て岸川の部屋に立ち寄り、そのあと外来の特別室にはいる。胎盤エキスで作った特製の美白剤によるトリートメントを受け、最終便で帰って行く。判で捺《お》したような行動だ。案の定、三時三分過ぎに呼び鈴が鳴り、岸川は扉を開けた。

白いTシャツにベージュのパンツという軽装で加代が立っている。薄赤のサングラスをはずしたところだった。

　岸川は点検する目つきで加代の顔の肌を見る。

「どお？」加代が岸川の前で澄まし顔になる。

「上出来じゃないか」

「そうでしょう。あの美白剤がわたしの命綱」

　加代が部屋にはいって周囲を見渡す。何か変わったものはないか探すいつもの仕草だ。

「もともと白磁並みの肌だから、そう一生懸命にならなくてもいいだろうに」

「それが違うの。同じ年代の女性を見ていて分かるんだから。みんなから訊かれるの。加代ちゃん、どんな化粧品使っているかって」

「何と答えている？」

「〈プラセンタ〉を使っていると答えるの。すると、どこの会社？　と訊くから、秘密よって言ってやる」

「プラセンタとはいい命名だ」

「だって胎盤はプラセンタだと教えてくれたのは先生よ」

「会社でも作るかな。その商品名で大々的に売り出す」

「それは困るわ」

「冗談だ。そんなことをしたらこんな仕事は続けられない。それに大量生産なんかできない。あくまでも限定販売だ」

「そこがいいのよ。いうなれば、わたしにとって先生の病院は最高級のエステ研究所。恩恵に与《あずか》るのは、ほんの一部の人たち。ねっ、一体どのくらいの顧客がいるの？」

「ほんのひとにぎり。二週間に一度の客もいれば二ヵ月毎《ごと》のご婦人もいる」

「お金持ばかりなのでしょうね」

「定価はないから、それぞれの財力に応じて支払ってもらっている。お互い値段は知らないことになっていて、全くの言い値だ。一回二万円からその十倍まで、天地の開きがある」

「じゃ、わたしなんか、最低よりも安いのね」加代が驚く。

「特別の紹介だからさ」

「この間、亡くなった春奈姉さんは？」

「きみよりは高い。あくまでも収入に応じて請求するようにしている。あっちはきみより稼いでいたはずだろう」

「わたしと違ってテレビにも映画にも出ていたし、若い頃からの貯《たくわ》えもある人だから。それでも、あんな死に方をしちゃ可哀相《かわいそう》ね。劇団もしばらくマスコミの取材で大変だった。テレビの連続ものの撮影も終わっていなかったし。それはストーリーを変えて何とかなったようだけど。マスコミはこの病院にまでも押しかけたでしょう」

「ああ、週刊誌が二社来て、プライベート・ビーチの写真を撮っていった。何の病気でここに通院していたかと訊かれたが、プライバシーを理由にノーコメントにした。彼女、過労だったのだと思うよ」

「そうだわね、美容の敵は何と言っても過労。いくらプラセンタ療法をしてもらっても、睡眠と休養をとらないと駄目。わたしなんか、どんなに忙しくても八時間の睡眠は削らない」

「睡眠と食事。食事でもするか」

「いいの？」加代が立ち上がる。「最終便に乗らないといけないのよ」

「明日は舞台なんだな」

ひと月続く興行のちょうど中日の休みを利用して来ているのは、岸川も知っていた。

「いつ見に来てくれる？」

「最終日にしようか。途中では破目もはずせないだろう」

「そうね。切符を送るわ。約束よ」

「評判はいいみたいだね。新聞で読んだ」

「あら、少しは興味あるのね」

「少しは慣れたってとこかな。芝居の仰々しい科白《せりふ》まわしには、最初はどうもなじめない」

「映画やテレビの科白とは違うのだから。マイクなしで、劇場の一番後ろまで届かせるには、あんな声の出し方になるの」

加代は窓の方に歩き、ゆっくり振り返った。表情が変わっている。

「――あなたはわたしに死ねとおっしゃるのですね。ええ死にますとも、死んであなたを憎み通します」

岸川が制さなければ、まだまだ長科白は続きそうだった。

「もういい。行こう」

岸川は電話で吾郎に連絡し、レストランにも予約を入れた。

院長室専用エレベーターで階下に降りると、制服に着替えた吾郎がもう車を玄関先につけていた。運転手になったときの吾郎は必要以外はしゃべらず、岸川は重宝していた。

吾郎は恭《うやうや》しく後部のドアを開け、岸川と加代を中に入れる。

「さっきのが、劇中の科白か。結局死ぬのか、その彼女」

「死ぬまでとことん男に復讐《ふくしゅう》するというのが、わたしの役」

「なるほど、ぴったりかもしれん」岸川が言うと、加代が太腿《ふともも》をつまんだ。

断崖《だんがい》の上にある『ル・グリル』に加代を連れて行くのは初めてだった。吾郎はそのまま帰らせた。

レストランにはいるとき、加代は腕時計を見た。

「二時間もないわ」

「それだけあれば、ゆっくり食べられる」

岸川は給仕が勧める窓際のテーブルに向かった。先客は二組しかいない。

「素敵なお店」

加代は好奇心たっぷりの眼で室内と窓の外を見回す。

窓と反対側が調理場になっていて、炉や鉄板、串焼《くしや》き場が見えた。

「いちおう肉料理が専門だ。シシカバブからシュラスコ、サイコロステーキ。しかし魚料理も悪くはない」

「普通のステーキでいい。どれだけでも食べられそう。お昼はおにぎり一個だった」

選択は任せたというように加代はメニューをテーブルに戻す。岸川がひとりで注文をすませた。

「あら」ワゴンに入れて運ばれたシャンパンを見て、加代が目を見張る。

「芝居の中日《なかび》が終わったところだろう。そのお祝いだ。芝居というのはその場に行かないと見られないので、不自由といえば不自由だ」

死んだ春奈のようにテレビや映画に出ていれば、どういう役をやっているか、遠くにいても見ることができるのだ。

加代が準主役を務める芝居を見たのは二年前だ。明治の三人姉妹の生き方を三人三様で描いていて、加代は次女役だった。洋服よりも和服のほうが加代には似合い、特に襟足《えりあし》の美しさはなかなかのものだと思った。

「舞台は不便だけど、それだけ感動も大きいはずよ。少なくともわたしたちはそう思っているわ」

「そりゃそうだな。ただ同然で見ているテレビや、二千円で見られる映画と比べると、それだけの感銘は受けないとね。テレビがくだらんとよく言われるけど、ただでいいものを見ようとする根性が情ない」

「だから劇場に足を運んで下さいな」

厚さ三センチはある肉が運ばれて来て、加代はさすがに目を丸くする。

「食べ出すと、これがいつの間にか腹に収まってしまう」

岸川は見本を示すつもりで、ナイフを入れ、さっそく口に運んだ。いつもながらの旨《うま》さだ。

「おいしい」加代が早くも舌鼓を打つ。「シャンパンとステーキがこんなに合うとは知らなかった」

「どちらも遠慮しないで食べて、飲む」

「飛行機の中で眠り続けそう」

加代は飲める口だった。アルコールがはいると舌が一層滑らかになる。

「しかし、一ヵ月も同じ芝居をやっていてよく倦《あ》きないものだ」

「じゃ、先生は、毎日毎日出産させたり、手術をして倦きが来る？」

「それはない。どれひとつとして同じ出産、同じ手術というのはない」

「お芝居も同じ。毎日が別な芝居。お客さんの反応、相手役とのやりとり、自分の体調で日日違ってくる」

「しかしだんだんうまくなってくるわけだ」

「そうとも限らないでしょう。一ヵ月もやっていると役が分かり過ぎるようにもなる。分かるからいいというものでもない。演じている人物が自分でも分からないままでやっている初めの頃が良いときだってあるわ。そうかと思うと、ようやく板についたらもう千秋楽になっている。結局、その時々の面白さがあるのじゃないかしら。だからお芝居ってやめられない」

加代が半分くらいステーキを食べ終わったとき、室内が涼しくなった。

「ほら天井が開いた」

「ほんと」

加代は見上げて呆気《あっけ》にとられる。白い天井が真中で割れ、ゆっくりと両端に動き、青い空が露出していく。室内の冷気は立ち昇って行かないのだろう。暑くはなかった。

天井がないのはレストランの三分の一くらいの広さで八畳くらいだろうか。先客も、新たにはいって来た客も、物珍し気に顔を上に向けている。

「深い井戸の底から見ると、昼間でも星が見えるというのは本当かしら」加代が言った。

「そうらしいね。そんな状況には陥りたくないが」

「わたしは見てみたい。古井戸かなにかに落ちて、もちろんリュックサックを背負ったままよ。中には何日分かの食料も水もはいっている」

天井はまた緩慢に閉まり出す。肉の調理で脂っこくなった室内の空気を放出するにはもってこいのやり方だ。

「古井戸の中だと、野たれ死にするしかない。星見どころの騒ぎじゃないだろう」

「ケイタイがあるじゃない。どこどこの山のどのあたりと説明すれば分かるでしょう」

「そのケイタイも電池がなくなったら役に立たない」

「嫌だ。それならよそう」

天井が完全に閉まる。周りの空気がどこか新鮮に感じられた。

「そんなひとり芝居、作ったらどうだい。舞台は真暗で、上から光が差してくるだけ。夜になると、ほんの星明かりだけになる。主役の女優が動く空間は畳一枚くらいの広さ。科白と仕草で、ひとつの物語を繰り広げていく」

「面白そうね」加代の目が輝いた。

「初めは恐怖にかられるが、そのうち肚《はら》が据わって、回想にはいる。舞台を広げて、菜の花畑での逢引《あいびき》にしてもいいし、吹雪の道行《みちゆき》場面にしてもいい。あるいはもっと、どこまでも続く砂丘だって作れる」

「でも最後が難しそう。衰弱してミイラになるのではみじめだし」

「主人公はだんだん弱っていくさ。それにつれて回想の場面も幻想的になっていく。しかし、井戸の外で救助隊の声がする。もう声を上げようにも、出ない。死か救助か」

岸川はグラスに残ったシャンパンを一気に飲んだ。

「助け出して上げたいわ」加代もつられてグラスを傾ける。

「しかしそれだと、間の回想部分が何となくぼやけてくる。ここは中間だろうね。観客の見方によってどっちにも分かれるような幕切れがいい」

「なるほど」加代は首を傾《かし》げる。「問題はその回想よね。女の前半生を手際よく、倦きさせずに、緊迫感をもたせて、しかも幻想的に仕上げなければならないわ」

「どんな筋書きにするか考えるんだな。いつも、出来合いの台本を忠実に演じるだけではっまらないだろう」

「そうね」加代はまんざらでもない顔つきになっていた。

デザートが運ばれてくる。容器の大きさが加代には意外だったようだ。

「こんなにたくさん」

「別段ダイエットしているのではないだろう。ここの名物チョコレートムースだ。肉のあとは、思い切って甘いものがいい。シャンパンにも合う」

給仕が来て二人のグラスにシャンパンの残りを注いだ。

「おいしいわ」

泡状になったチョコレートをスプーンで口に運び、加代は給仕に言った。給仕が恭しく上体を傾ける。

「やみつきになりそう」

「まあ二ヵ月に一回ぐらいなら、遠慮することはない」

「でもどうして今まで連れて来てくれなかったの」加代が思い当たったように訊いてくる。

「きみが魚好きだったからだ。海辺だからとれたての魚が食べられると、呪文《じゅもん》みたいに言っていた」

「そうかしら」

「そうだ」

岸川は答えたものの、本当の理由は別にあった。死んだ春奈がここをひいきにしていたのだ。彼女がいなくなったあと、ふと加代を連れて来る気になったのが本当のところだった。

「あら、もうこんな時間」

加代が壁時計に眼をやる。大きな銅の鍋《なべ》を文字盤に作り直した時計だった。同じように銅製の小さなひしゃくでできた針は、五時十五分を示していた。

「今夜は泊まったらどうだい。空港の傍にホテルがあるだろう。飛行機はキャンセルして明日の一番を予約し直せばいい」

「空席はあるかしら」

「平日だ。余裕はあるさ。気になるなら確かめて来たらどうだ」

「あとでいい」加代は心決めしたようにデザートに口をつける。「先生にはかなわないわ。最初から泊まらせるつもりだったのね」

しかし岸川を責める口ぶりではなかった。席を立ち、入口近くでケイタイをかけた。

「明日の朝八時の便が取れたわ」戻って来て告げた。「どうせ泊まるのだったら、このスフレ、もっとゆっくり味わうわ」

「もうひとつ注文しようか」

「冗談よ」

加代は笑ってスフレを大事そうに舌の上にのせる。

客が増え出し、半ば席が埋まっていた。

「さっきのプラセンタの話だけど、他の産婦人科病院では同じようなものは作れないのかしら。だって、出産はどこでもやっているのでしょう。宝物をむざむざ捨てているのかしら」

「製薬会社が集めに来る所もあるがね。大部分は廃棄処分だ」

「もったいない。何でもリサイクルの時代だというのに。その点、サンビーチ病院は時代の先端を行っているわ」

「ウシの内臓は医薬品や化粧品によく利用されている。副腎《ふくじん》や肺は消炎剤、腸は手術用の糸、胎盤はやはり美白化粧品にだ。ところがＢＳＥ（牛海綿状脳症）騒ぎ以来、胎盤その他が使えなくて業界は真青になっている。胎盤は特に感染性が高い。その点ヒトの胎盤は心配がない。しかし、これがどこでも定着してしまうと問題になる。胎盤の所有者はあくまで母親、いや赤ん坊かもしれんがね。それを主張されると、こちらが買い取らなきゃいけなくなる。今は、臍帯《さいたい》に残っている血液だって、病院では採取して、血液型別に貯蔵している。骨髄移植の貴重なドナーだよ」

「母親には内緒なの？」

「出産前にちゃんと誓約書を交わしてはいるさ。胎盤および臍帯の処理は病院に任せるとね。臍帯の記録は残っているから、仮にその赤ん坊が成長して白血病になったとしても、貯蔵していた造血細胞から、血球は増殖できる。本人が癌になって抗癌剤の薬物療法を始め、血球が少なくなったときでも、同じように応用できる。もとはと言えば自分自身の血液だからね。拒絶反応の心配はない」

「結構な話じゃない？」

「そう。その旨は誓約書にもうたっているから、誓約を拒む母親はまずいない」

「実際にその血液を使った例はあったの」

「一例あって、この間退院した。白血病の子だ。今は、小児の白血病もほとんど治るようになっている。恐くはない」

「本当に人助けね。今までは捨てられていたものをうまく利用して、重病の子を助けたり、わたしたち女性を喜ばせたり」

「そう思ってくれるのはありがたいが、人助けばかりでは病院が成り立っていかない。ビジネスの面が大切なんだ。そこできみの言うプラセンタの値段が吊《つ》り上がってしまう」

岸川は窓の外を見やる。ちょうど加代が乗るはずだった飛行機が離陸して上昇中だった。

「あの値段でいいという客がいるのだから構わないわ。共存共栄」加代の声がねばっこくなる。「ねえ、今度の公演が終わったら、どこかに行かない？」

「いつから暇になるんだ」

「今月下旬からお盆までは全くの暇」

岸川は八月初めにモナコで学会があるのを思い出す。

「とにかく忙しいからね」加代を連れて行くかどうか決めかねて答えた。

「一泊でも二泊でもいいのよ。そのくらいなら暇がとれるでしょう？」

「まあね」

岸川はまだ迷っていた。

4

吾郎から電話がはいったのはちょうど昼食時だった。患者も職員も自由に利用できるレストランは五階にあって、屋上庭園を挟んだ向こう側にやはり五階の特別病棟、その上に六階の院長の居室が見えていた。

小児科部長の津古《つこ》と一緒にテーブルについていた岸川は、ケイタイを耳に当てたまま中座して窓際に寄った。

「今どこにいるのだ」

「竹津《たけつ》公園です」

「相当に痛がっているのか」吾郎の慌てた口ぶりから大方の予想はついた。

「痛がって脂汗を垂らしています。顔も真青です」

「車で行っているのだな」

「はい」

「救急車を呼べ。そのほうが速い」

「分かりました」

「救急車に乗ったら、うちの病院を名ざししないと、とんでもない病院に連れて行かれる。サンビーチ病院に前からかかっていると言え」

「承知しました。五分後に救急車に乗せたとして、病院に着くのは三十分はかかります」

「いいだろう。手術の準備をして待っている。救急外来に着けてくれ」

「はい」ケイタイが切れた。

「急病人ですか」テーブルに戻ると津古部長が訊《き》いた。

「患者が流産しかけているらしい」岸川は咄嗟《とっさ》に答えたが、流産の主が男とまでは言わなかった。

　これまで二週間に一度の定期検診では、兼頭の経過は順調で、十日前の検査でも異常はなかった。今日、急性腹症をきたしてショック状態に陥ったとすれば、腹腔内《ふくくうない》流産と考えて間違いはなかった。

「先生どうぞ、ぼくはいっこうに構いませんから」津古部長が言う。

「すまない」

　岸川はまだ食べかけのトンカツが残ったトレイを手に持ち、引膳口に行く。厨房《ちゅうぼう》の職員が恐縮しながら受け取った。

　レストランを出た足で二階の医局に立ち寄り、産婦人科の白木部長を探した。手術室にいるとの返事に、終わり次第救急外来まで来るように伝言を頼んだ。

　一階の救急外来で手術の準備を命じて、更衣室で術衣の下着に着替える。電子カルテを起動させ、兼頭の診療録を画面に呼び出す。十日前の超音波の画像は、大網《だいもう》に着床して成長しているエンブリオを映し出している。こぶし大で、成長も通常の妊娠並みだ。

それが突然流産したとすれば、着床させた位置が悪かったのか、それとも予期しない突発的な事故が起こったのか。いずれにしても原因を突きとめなければ、同じ失敗を繰り返すことになる。

遠くで救急車の音がし、少しずつ近づいてくる。やがて病院の敷地内にはいり、サイレンはやんだ。

兼頭は救急隊員が押すストレッチャーの上で唸《うな》っていた。一見してショック状態だ。看護師に血圧を測らせている間に、岸川は腕に点滴の針を入れる。その間にも、兼頭は低い声を上げ続けた。

呼吸は浅く、四肢は冷たい。血圧は収縮期が七十四、拡張期が四十四しかない。

看護師が手際良く、汚れたシャツの前をはだける。ムッとする体臭が鼻をついた。胸も腹も垢《あか》だらけで、臍《へそ》のくぼみは黒くなっている。岸川は聴診器を胸部から腹部に当てていく。心音も呼吸音も問題はなかったが、腸雑音は明らかに減少している。腹部を触診すると、かすかにデファンス（防御反応）があった。

「開腹する。準備をしてくれ」岸川は看護師に命じ、診察室の入口に立っていた吾郎に顔を向けた。

「脇腹《わきばら》に打撲の痕《あと》があるが、喧嘩《けんか》でもしたとは言っていなかったか」

「いえ、聞いていません」

吾郎はつかつかと診察台に寄り、患者の耳元に直接問いかける。診察される間は目を開けようとしなかった兼頭が、吾郎の声で開眼した。消え入るような声で答える。

「きのう仲間と殴り合いの喧嘩をして、倒れたところを足蹴《あしげ》にされたそうです」吾郎が顔を上げて言った。

「それが誘因だろう。もういい。手術が終わったら呼ぶ」

岸川は吾郎に言い、看護師に目配せをする。二人の看護師はストレッチャーを手術室まで押して行った。

手術準備室で手をタワシでこすっていると、白木部長が隣に立った。

「間に合ってよかったです。どんな患者なのですか」

「三ヵ月前、腹腔内に受精卵を着床させた男がいたろう。喧嘩をして腹を蹴られたようだ。おそらく流産で、急性腹症になっている」岸川は不機嫌に答える。

「それは残念です」

先に手洗いを終えた岸川は、白木を残して自動扉の前に立つ。

明るい手術場では、麻酔科医が患者の採血をし終え、麻酔の準備にはいっていた。岸川は看護師から術衣を着せてもらい、手袋をする。露出した兼頭の腹部をヒビテンで消毒し、さらにハイポアルコールで拭《ふ》き上げた。その上から術部以外を緑色のシーツで覆う。その間に、準備を終えた白木が手術台の向こう側に立った。

「先生いつでもＯＫです」麻酔科医が言った。

「それじゃ」

メスを受け取った岸川は、上腹部から下腹部まで一気に切り開く。腹壁からの小出血をレーザーで止め、比較的大きな血管からの出血には、白木が鉗子《かんし》を使った。開口器で切開部を固定し終えると、腹腔内の臓器があらわになる。

「もう少しで大出血だった」

大網を裏返しにして岸川は呟《つぶや》く。ソフトボールをつぶしたような血塊が、そこに出来ていた。岸川が止血鉗子で血塊の周辺の血管をつかみ、白木が糸をかけて結紮《けっさつ》する。見事な連携だ。

「写真を撮ってくれ」

岸川のひと言で、麻酔科医がデジタルカメラのシャッターを押す。

「場所が悪かったとは思えませんね」白木が顔を上げた。

「あと五センチ上のほうがよかったのかもしれん。着床率は低くなるかもしれないが、保持率は高くなる」

「今の位置のまま、大網を固定するというのはどうでしょうか」

「その手もあるな」

岸川は血塊を注意深く持ち上げ、周囲からの出血がないのを確かめる。胎盤の中に胎児が見えた。頭と手足の形は、他でもないヒトのものだ。陰部の形から女児だと判別できた。

「臓器だけは培養できるな」

「あと三、四週もちこたえておれば、人工子宮につなげられたのでしょうが」

「ちょうど十五週目での流産だった」

岸川は、胎児を包んでいる胎盤を血塊と一緒にガラス容器の中に入れる。一連の動作はすべて麻酔科医がカメラにおさめた。

外まわりの看護師が壁のボタンを押してファームを呼び出す。

「先生、何でしょうか」天井のスピーカーからファーム長のだみ声が聞こえて来た。

「流産したばかりのエンブリオを送る。臓器だけ培養してくれ」天井から降りてきたマイクに向かって岸川が答える。「母親は男だ」

「えっ」鶴が驚く。

「例のケースだ。流産したので開腹した。詳しい説明にはあとで行く。うまくやってくれ」

「かしこまりました」鶴が答える。

「しかし先生、十五週ももたせたというのは、半分以上の成功ですよ」白木が労をねぎらうように言った。

岸川はそれには答えないで、他の出血部位がないかどうか確かめる。抗生物質を入れた生理食塩水で腹腔内を洗い、吸引をすませる。

「あとは頼んだ。特別病棟の個室をあてがってくれ。身の回りは柴木が面倒をみる。彼が保護者だ」

岸川は手袋とマスクをはずして手術場を出、白衣に着替えた。

吾郎が控え室で待っていた。

「三週間くらい入院させておけば大丈夫だ。原因は腹部に受けた打撲だろう」

「すみません。これから気をつけさせます」

「退院したらもう用済みだ。適当にやってくれ。本人は何も知るまい」

「はい。最初の腹腔鏡の手術のときも、腫瘍《しゅよう》が見つかったと言ってあります。今度も、内臓が破裂しかけていたと言えばすみます。本人は命が救われたと思ってありがたがります」

吾郎はスキンヘッドの頭をつるりと撫《な》でた。二日に一度は剃刀《かみそり》を当てるというが、後頭部まで見事に剃《そ》り上がっている。

「お払い箱となると、がっかりするだろう。四ヵ月ばかりの間はいっていた金がなくなる」

「もともと一文なしの連中です。これからも時々はうまいものを食わせてやります。焼酎《しょうちゅう》の一本、温かい焼鳥が十本もあれば喜んでくれる」

「次のにも目星をつけているな」

「それはもう。いつでも連れて来ます」

「どんな男だ」

「三十七だと言っていました。会社がつぶれて、女房にも逃げられたという気の毒な男です」

「子供は？」

「女房のほうが引き取ったのじゃないですか。聞いていません」

「係累がないほうがいい」

「身体《からだ》もしっかりしています」

「身体が丈夫なら働けばいいだろうに」

「いえ、そこが。ホームレスを三日やるとやめられないと言います。蛇《じや》の道はへびで、自分たちには分からんものです。へい」吾郎は愛想笑いをし、両手をこすり合わせた。

「どうやって説き伏せる？」

「簡単です。ちょっとした血液検査で、その後は月に一、二回来院して診察を受ければ、何ヵ月かは報酬が出るのだと言ってやります。新しい薬か何かの実験台になるのだと、彼らはぴーんとくるようです。尻《しり》ごみする者はいません。むしろ選ぶのに苦労するくらいです。そのあとは腹の中に病気が見つかったと言えばいいのですから。兼頭も腫瘍があると言われて、観念して、腹に穴を開ける手術を受けたのです」

「今度は、胆石でいく」

「はい。四の五の言わなくて、二つ返事ですよ。病室も兼頭のときと同じ、立派な部屋でしょう？」

「もちろん」

「彼らにとっては極楽です。若い看護師が世話をやいてくれるし、食事も一流レストラン並み——」

「貴重なお客様だからな」

「急ぎますか？」

「長くなる実験だから早いにこしたことはない」

「それでしたら、来週早々にでも」吾郎は恩着せがましい口調で答えた。

「兼頭とは知り合いでないほうがいい」

「それはもう。彼らはたまり場が少し違えば、全くのあかの他人です。そのあたりははっきりしています」

「決まり次第、連絡してくれ」

岸川は立ち上がる。吾郎を送り出しながら声をかけた。「ホームレスの患者はこれからも重要な客だ。何人か見当をつけておいてくれ。いつでも調達できるように」

吾郎は親指を立てて請け合い、部屋を出て行った。入れ違いに、術衣を脱いで白衣姿になった白木がはいって来る。胸ポケットに入れていた飴玉《あめだま》をぽいと口の中に放り込んだ。

「朝からずっと立ちっ放しで、昼飯もとっていないのです」

「それは気の毒。すまなかった」

「食べようと思えば、十分くらいの余裕はありましたが、あたしはどちらかというと、時間をかけないと食い物が喉《のど》を通らないし」

「そうだったな」

レストランで一緒に食事をしても、他の連中がもうコーヒーに手を出しているのに、白木はまだ箸《はし》を動かしていた。

「今夜、よければ夕食を一緒にしてくれないか。船の上での食事だ。特に予定はないのだろう？」

「一体何があるのですか」白木が気持を動かされた顔になる。

「脳手術を受けた井上会長の退院祝いだ。うちの病院のスポンサーでもあるし、個人的にクルーザーに招待した。他にも脳外科の沢部長を招いている。うまい魚がたらふく食べられる」

「沢先生が来るのなら遠慮します」

「どうして」

「苦手なのです。せっかくの食事が、ちょっとまずくなります」白木は言いにくそうな表情になる。「ほらあの先生、産婦人科医を見下《みくだ》したところがあるでしょう？」

「そうかな」岸川は首を捻《ひね》る。

「そうですよ。同じ産婦人科医でも、院長先生にはそんな態度、見せないかもしれませんが――」白木は〈院長〉の発音を強めた。「要するに、身体の下々の部分を扱っている産婦人科と自分たちは違うという態度です。彼らは脳外科で、神聖な部分を診察し治療しているのだと自負しているのですよ」白木は口をとがらせる。

「しかし、産婦人科で子供が生まれなければ脳外科なんて存在しようがないだろう」

「そりゃそうです。そこを彼らは――」

ケイタイを呼び出す音がして、白木は言いやみ、白衣のポケットをまさぐる。鳴っているのは岸川のケイタイだった。耳に当てて、二言三言応対してスイッチを切った。

「噂《うわさ》をすれば何とやらで、沢部長からだ」

「何を言って来たのです」

「今夜は急用ができて、来れないらしい。入院中の母親が危ないらしいんだ」

「そうですか」

「彼が来ないのなら構わんだろう」

「ええまあ」

「じゃ七時に船着場まで来てくれ」

「分かりました」

白木と別れて、岸川は地下に続く階段を降りた。地下二階の自動扉も左手甲をセンサーの前にかざすだけで開いた。エレベーターの前を通って、更衣室で上着を着がえ、帽子をかぶり、スリッパにはき替える。手を洗い、再びセンサーに手をかざして中扉を開ける。穴をのぞき込んで、右目を検知器にさらす。

ステンレスの中扉が開くとき小さなチャイムが鳴り、鶴が顔を見せた。

「先ほど送ったエンブリオは使えそうか」

「臓器だけは培養できます。しかし惜しいことをしました。せめてあとひと月、体内におさまっていてくれたら、人工子宮に移して、飼育が可能だったかもしれません」

「仕方がない。胎盤剝離《はくり》で、緊急に開腹した。放置していれば親のほうが危ない」

「母親、いやその父親は大丈夫ですか」

「男は元気にしている。三週間で退院させる。さっきのエンブリオの識別番号はM－1にしてくれ、これからM－2、M－3と続く」

「Mは〈メイル〉、男の略ですね。培養臓器をちょっと見て行きますか」

鶴が奥へ案内する。顕微鏡に向かっているエンブリオロジストたちが、岸川に会釈をした。培養室のボタンを押すと、天井まである棚が移動して、棚の間に通路ができる。棚にはガラスケースがびっしり並べられていた。

「これです」

一番手前のガラスケースを鶴が指さす。親指の爪《つめ》ほどの臓器や、豆粒ほどの心臓、肺、腎臓《じんぞう》が、それぞれ仕切りの中におさまっている。

その隣のさらに小さな仕切りには、眼球、卵巣、子宮、骨髄、脳、皮膚などが個別に培養されている。

各臓器は、母体内にあるときの半分の速度で成長が見込めた。ある程度大きくなれば、その時点で凍結保存し、臓器移植に備えることができる。絶対数が圧倒的に不足している小児臓器のドナー不足は、こうした胎児の臓器培養で補える。サンビーチ病院の小児外科が、ドナー不足に悩まされずに次々と移植手術を行えるのは、こうした培養技術のおかげだ。

「この卵巣からも、卵子は採取できるな」岸川が確かめる。

「もちろんです。原始卵胞が存在していますから、ホルモン投与で成熟可能です」

「いつでもその卵子が使えるようにしておいてくれないか。不妊カップルで、母親の卵巣が使えない場合は、その卵子を体外受精に使う」

「しかし、この流産した胎児も、もともとの卵子は胎児由来のものです。精子のほうは成人のドナーの精液から採取しましたが」鶴が思い出すようにして言う。

「だから二代続けて、胎児の卵子を使ってみようと思う」

岸川は答えたが、精子の提供者が自分だという点は黙っていた。サンビーチ病院で行う不妊治療で、夫からどうしても精子が採取できない場合、岸川がドナー役を買って出ていたが、この事実は誰にも口外していない。

ただし、二代続けて胎児から成熟させた卵子に対して、次も同じ自分の精子を使うとすれば、近親婚と同じになる。その受精卵から成長したエンブリオに、奇形が生じる率はぐんとはね上がる。果たして強行すべきか、岸川はまだ決めかねていた。

「先生、人工子宮のほうもごらんになって下さい」鶴が中仕切りのドアを開けた。

やはり棚が並び、水槽に似たガラス容器が各段に置かれている。それぞれの容器の中には胎児が横たわり、中には手足を動かしている胎児もいた。

「改良は塚田君と一緒に進めています。なんとか妊娠十八週の胎児でも飼育できるようになればと思うのです」鶴がファーム次長の名を口にした。

「あと二週の前進だな」岸川も頷《うなず》く。

今のところ、人工子宮が受け入れられる胎児の週齢は、およそ二十週前後だった。それ以前の未熟な胎児は、現在の人工子宮の中では十数日しか生存できない。

「先生、この春、十九週ぎりぎりの胎児でうまくいった例があったでしょう。二十三週まで人工子宮で育て、そのあと小児科に上げて、そこの保育器で立派に育て上げた赤ん坊です」

「ああ無事に育っている」

「あれは人工妊娠中絶の子でしたから、確か養子に出したのですよね」

「いや、戸籍上はある夫婦の実子になっている。どうしても不妊治療が成功しないので、話をもちかけると、引き取りたいと言うのだ。それでこの病院で出産したことになっている」

「それはよかったです。他の病院で中絶していれば、それこそバラバラにされて、闇《やみ》に葬られていたでしょうからね」

「二、三日前に検診のために小児科に来ていた。首も据わっていて、にこっと笑う。知能も問題ないようだ。両親も大変な可愛《かわい》がりようだ。母親は四十八歳で、父親ももうすぐ六十に手が届く。不妊治療歴二十年だよ。家二軒分のお金は優に使ったと言っていた。貸しビル業なので、金には困らない身分だがね」

「へえ、あのエンブリオ、いえ胎児が子宝になったのですね」

「それも人工子宮のおかげだ。赤ん坊の名前はエリカ。母親が北海道の出身で、父親が命名したらしい」

「エリカ。女の子でしたからねえ」

鶴は感無量の顔になる。表情の動きで年齢が若く見えたり、老けて見えたりする。概して何か考える顔つきのときは、実際より十五歳くらいは上の雰囲気が漂う。閉じられた空間で受精卵やエンブリオを扱っていると、表情までも人間離れしてくるのかと岸川も思ってしまう。

「人工中絶した主は高校生だと、先生は言われましたよね」

「よく覚えているな。子宮を傷めないために、子宮内搔爬《そうは》より流産を勧めた。搔爬すると、胎児は切れ切れになり、臓器としてしか使えない」

「結局は正解だったのですね。誰もが喜ぶ処置です。母親もエンブリオも、養子先も──」

鶴はやっと本来のだみ声に戻った。

「サンビーチ病院でやっていることは、すべて正解だ。誤答はひとつもない」岸川は断言する。「少なくとも、当事者全部が感謝するような王道を選んでいる。そこが、世の中の大半の病院と異なるところだ。王道だから、宣伝吹聴《ふいちょう》する必要もない。理解してくれる当事者だけが利用してくれれば、それで充分経営は成り立つ。研究費も充分出る」

「全くです」鶴は頷く。

「Ｍ－１のエンブリオはともかく頼んだぞ」岸川は念をおした。

ファームから出るとき、塚田以下のエンブリオロジストたちがまた立ち上がり、岸川に頭を下げた。

六階の自室に上がり、シャワーを浴びる。ちょうど頭にシャンプーをつけているとき、浴室内の電話が鳴った。

「わたし、加代」まとわりつくような声がした。

「何だ。舞台じゃないのか」

「開幕十分前なの」

「用事は」

「別に用事はない。声を聞きたかっただけ」

「馬鹿。この前は間に合ったのだろう？」岸川は顔に落ちてくるしずくを腕でぬぐう。

「マチネにぎりぎりだったわ。自分でも演技に力がはいった。あなたに抱かれてぐっすり眠ったあとだったから」

「本番前にそんなこと言っていていいのか」

「今、何をしているの」

「シャワー中だ。あまり長電話されると風邪《かぜ》をひく」

「今頃シャワー？　何かあるの」

「大事な患者さんが無事退院するので、船に招待した。夕陽《ゆうひ》を見ながらうまいものでも食べる」

「わたし、一度も船には誘われていない」

「船よりももっと良い所に行こう」

「えっ、どこ」

「地中海。興行はあと一週間で終わるのだろう。そのあと出発だ。パスポートのコピーをすぐ送ってくれ。詳しいスケジュールは、あとで知らせる」

「わあ嬉しい。ありがとう。一体どこ？　あっもう出番。バイバイ」電話はそこで切れた。

開演の直前に電話をしてくるなど初めてだった。それだけ演技に余裕が出てきたのか、それとも気分を鎮めるために電話をかけてきたのか。岸川は、加代が送って来た宣伝用のチラシを思い出す。和服姿の加代が、準主役として写真におさまっていた。公演は七月二十日まであり、見に行く暇を作ろうとしてまだ果たしていない。

シャワー室から出て髪を整える。ワインカラーのシャツに白いパンツの軽装にした。

特別病棟では、井上会長が車椅子《くるまいす》に乗って待っていた。水木理香は鮮やかなブルーのブラウスに白いキュロットをはいている。会長の車椅子を押す手つきも軽やかで、一番嬉しがっているのは彼女かもしれなかった。

吾郎運転の院長車が玄関前に待っていた。

車椅子から立ち上がる井上会長の足取りを、岸川はじっと観察する。手術前と比べて確実な足の動きだ。

「車でほんの四、五分です」

「それなら、車でなくてもあたしがこのまま車椅子を押します。そんなに暑くもないし」理香が言った。

「車椅子では無理でしょう。車道はいいのですが、歩道が整備されていません」

「それは惜しいな」井上会長が後部座席に身を沈める。「今度、松崎《まつざき》に言っておく。こんなに景色のいい海岸を放っておく手はない。自転車用と人間用の通路を四、五キロにわたって整備するくらい、その気になれば簡単だ」

井上会長は地元選出の代議士の名前を口にする。八年前、病院用地を確保した際も、井上会長と松崎代議士の口ききがものをいったのだ。

「第一、地元にとっても、病院の存在は大きかろう。税ばかり吸い上げて、病院周辺の整備を怠るというのは筋が通らぬ」

「ありがとうございます」

「空の色が変わってきた」理香の明るい声がした。

「いつもこの時間だったな」会長も窓の外に眼をやる。「病室から見えるのは空と海だけだろう。海の様子はまあたいして変わらんが、空は五分もあれば変化する。こんなに空ばかり眺めて暮らしたのは初めてだ」

「申し訳ありません。陸地側に向いている病室もあったのですが」

「陸地はもう結構。今夜はさしずめ、空と海の日々の仕上げだな」

「何だかお腹《なか》空いちゃった」理香が無邪気な声を出した。

船着場にはもう白木が待っていた。太鼓腹を派手な黄色いシャツが覆っている。

井上会長は理香の肩に手を置きながら、あぶなげなく歩く。リハビリの成果が見てとれ、白木も如才なくそれを口にした。

「以前だったら、こんな狭い板の上など二の足を踏んだがね。手術のおかげだ」

会長も得意気に足を運び、船に乗り移る。

「先生、どう読むの？　この船の名」理香が白木に訊く。

「エンブリオ。動物一般では、出産まで母体にはいっている赤ん坊のことです。ヒトでは通常、受精後八週までを言います。それ以後になると、胎児と呼ぶのが普通です」

「いい名前じゃないか」会長が感心する。

「もちろん、岸川院長の命名です」白木が言い添える。

「大海原を子宮にみたてて、そこに漂う小船という意味あいでつけました」

迎えた乗務員の案内で、理香は甲板に続く階段を上る。井上会長も手摺《てすり》をつかんで、ひとりで足を運んだ。

甲板にはもう大きなテーブルが用意されていた。白いテーブルクロスが敷かれ、やはり白い肘《ひじ》かけ椅子が四脚配置されている。

「今夜は凪《なぎ》で、クルージングには絶好の日です」

給仕が椅子を引きながら言う。本来は総務部の職員で、このために駆り出されていたが、服装から身のこなしまで本職に劣らない。

「脳外科の沢部長も招待していたのですが、身内の不幸で来れなくなりました」岸川が会長に告げる。

シャンパンがそれぞれのグラスに注がれた。

「わしも飲んでいいのかね」井上会長がびっくりした顔をする。

「今日は解禁です。もっとも量が過ぎれば主治医としてストップをかけます」

「あたしも飲んでいいのね」

「あなたが毎日病室で缶ビールを飲んでいたのは、もうこちらの耳にはいっていますよ。その点、言われたことをきちんと守ったのは会長です」白木から言われて、理香は首をすくめた。

グラスを突き合わせたのを合図にしたかのように、船が動き出す。音もない滑るような動きだ。ほどなくサンビーチ病院の建物が見え始めた。

「あそこがあたしたちの部屋」理香が指さす。

五階の特別病棟だけはベランダに赤い日よけをつけていた。その一番端が会長と理香の病室だった。

「周囲には旅に出ると言って来たが、本当に長い旅をして来たような気持だ」会長が潮風を顔に受けながら言う。「入院する前は心配だった。何しろ脳の中に針を突っ込まれるというのだからね。これもみんなのおかげだ」

「いえ何といっても、一番大変だったのは理香さんですよ」白木が力をこめる。「自分の分身を井上会長に与えたのですから」

三人から見つめられて、理香は一瞬しんみりした顔になった。

「理香と二人のときには何度も感謝したが、人前で礼を述べるのは初めてだな。改めて、ありがとう」

井上会長はグラスをもう一度理香のグラスに突き合わせる。

「先生、あたしまた赤ちゃんを生めるでしょう？」理香が真顔になって岸川を見た。

「もちろん。秋になったら再び妊娠できます」

「そんなに早くなくてもいいの。パパの病気がよくなったのを確かめてから、考えようかと思うの。パパ、いいでしょう」

「ああいいとも」会長は胸をうたれた様子で答える。

「嬉しい。今度こそ本当の赤ん坊よね。パパの頭の中に消えたエンブリオの分まで可愛がるわ」

理香はグラスを目の前にかざし、まっすぐたち昇ってくる泡を眺めた。

井上会長から初めて彼女を紹介されたとき、いかにもはすっぱな娘だと思ったが、その後妊娠し、手術を施して以来、その印象が変わっていた。

中高一貫の女子校時代から名うてのワルだったとは、岸川も彼女の口から直接聞いていた。つき合った男友達も、両手両足の指の数ではおさまらないはずだ。にもかかわらず、妊娠は今回が最初で、そのあたりにも彼女の賢明さがうかがいしれた。

「グラスの中の色が変わった」

理香から言われ、三人もそれぞれグラスを持ち上げる。空の色の変化を、シャンパンがとり込み、微妙な赤紫色を帯びていた。

船は入江から離れ、サンビーチ病院の全景が視野に収められた。ピロティを用いて基礎の一部を岩場の上にのせ、ジグザグを描くように白い建物が横に伸びている。右側手前に小さな砂浜が見えた。春奈が死んで身を横たえた場所だ。さらに左の方は、黒っぽい岩場を経て、松林に縁取られた長い弓なりの浜辺になっている。海水浴客が群れ、ウィンドサーファーが十数人、海に出ていた。

テーブルに前菜が並び始めていた。

「明日あさっては会社に行くが、モナコ帰りを装うための土産物は手配した。適当に陽焼《ひや》けもしたはずだし」

「モナコ土産って、何かありますか」岸川が訊く。

「先生も学会で行くと言っておられたですな」

「月末に発《た》ちます」

「土産といっても、そう特別なものはありません。F1レース用の帽子やTシャツ、ステッカーなどです。四人の孫には、それぞれ年齢に合わせてレーサー服を注文しましたかな」

「なるほど」

「お二人とも適当に陽焼けしているので、病院にいたとは誰も思いませんよ」白木が言った。

「本当に、見るからに健康になられました。さっきからグラスを持たれる手を眺めていたのですが、少しも揺れません」

「本当だ。自分でもすっかり忘れておった」

井上会長はグラスを手に持ち、しげしげと見入った。

5

「先生、のぞいてみますか」

ファーム長の鶴から言われて、岸川は反対側の補助顕微鏡に両目を当てる。二人が同時に見られるように、顕微鏡はちょうど自転車のハンドルを背中合わせにくっつけた形になっている。

「こちらの受精卵が、胎児由来の卵子を受精させたものです」

鶴は言い、スライドを横にずらす。視野に別の受精卵が映った。どちらも受精二日目の四細胞胚《はい》の段階にあった。もちろん、形態は同じで、スライドの記号がなければ見分けはつかない。

「そしてこちらが、この間死体から採取した卵子が受精卵のもとになっています」

「海岸で水死した女性の？」

「そうです。名前は確か津村——」

「津村春奈だ」岸川は重々しく答える。

「さっきの受精卵が成長してヒトになれば、まだこの世に誕生していない胎児が、生物学的な母親になります。そして今見えている受精卵がヒトになると、死体が子孫を残したということになります」鶴のだみ声がどこか得意気に低く響く。

「なるほど。自然の力では不可能なことを我々は成し遂げているわけだ」

岸川は大げさに感激してみせる。しかしさすがの鶴も、この二つの受精卵のもとになった精子が岸川のものだとは知らないはずだ。

「精子は例のK系列のものを使っているな」岸川は確かめた。

「はい、胎児由来の卵子はK－2、死体由来の卵子にはK－13を使いました」

「それでいい」

岸川は答える。K－2もK－13も、内実はすべて岸川の精液であり、知っているのは岸川のみなのだ。

「この二つの受精卵は今日、二組の夫婦に試してみる。どちらも第三者の受精卵を移植して出産することに賛成している。夫のほうはひとりは重症の乏精子症、もうひとりは完全な無精子症。女房のほうはひとりがターナー症候群で、先天的に卵巣が低形成だ。もうひとりは早発卵巣機能不全で、三十二歳の時にもう閉経している。二組とも子供を持つのは諦《あきら》めていたので、この受精卵はそれこそ神の恵みになる」

「うまくいくといいですね」

「今回のがうまくいかなくても、卵子は次のを用意してくれないか。また二度目を試みるときが来るかもしれない」岸川は顕微鏡から目を離した。「この二つの受精卵、産婦人科外来に上げてくれ」

岸川は言い置いてファームを出た。

産婦人科外来では白木がもう準備をすませていた。

内診台にターナー症候群の患者が横たわっている。開脚した下半身は白いシーツが覆っていた。

「白木先生から話があったと思いますが、受精卵の移植は簡単です。何の心配もいりません。三十分で終わり、あとは二時間、外来のベッドで休んでもらい、そのまま帰れます」

岸川は患者に笑顔を向けながら言う。首筋が横に広がり、ターナー症候群特有の翼状頸《よくじょうけい》を示していた。

「よろしくお願いします」患者は軽く頭を持ち上げて答える。

内診台の向こう側に待機した白木が、超音波断層撮影装置のプローブ（探針）を患者の下腹部に当てる。充満した膀胱《ぼうこう》を通して、子宮とその周辺の像が、モニターに映し出された。

岸川は開脚された患者の股間《こかん》に坐《すわ》り、受精卵を培養液と一緒にＥＴ（胚移植）チューブに吸引する。モニターの画像を見ながら、チューブを膣内《ちつない》に入れ、さらに子宮腔内《しきゅうこうない》に挿入する。

中空のチューブの位置は、くっきりとモニターに映し出された。

「痛くも何ともないですね」

「はい」答える患者の声が硬い。

チューブの先端を子宮底から一センチの所に留めおき、受精卵を放出する。

「移植は終わりました」岸川は優しく言ってチューブを抜く。「あとは隣の部屋で休んでいて下さい」

後処置は看護師に任せ、壁を隔てた次の内診台に白木と共に移動する。二番目の患者にも同じ処置をし、無麻酔で受精卵を子宮に移植した。最初の女性に移植したのは胎児由来の受精卵で、二番目の患者に使ったのは、死んだ春奈由来の受精卵だった。

処置が終わると、岸川は休憩室に出向いた。狭い部屋だが、防音壁を使っているため、隣室の会話は一切聞こえない。

ターナー症候群の妻には、夫が付き添っていた。

「先生、ありがとうございました」夫が椅子《いす》から立ち上がって礼を言う。

「奥さんもよく頑張りました。あとは移植した受精卵が無事に着床してくれるのを祈るだけです」

「成功率はどのくらいでしょうか」控え目に夫が訊《き》いた。

「七割五分というところでしょう」

岸川は大雑把《おおざっぱ》な数字を口にする。八割なら安心させ過ぎであり、六割だと失望させる。七割五分というのが、岸川の好む表現だった。

「そうですか」夫は幾分安堵《あんど》した表情になる。

「たとえ失敗しても、受精卵はいくらでもストックがありますから、何度も挑戦可能です。希望をもって下さい」

「ありがとうございます」夫は最敬礼をした。

隣の休憩室でも、患者に夫が付き添っていた。やはり先刻と同じような質問をされて、岸川は七割五分の確率だと答える。一回目が失敗しても二回目、三回目があるとつけ加えるのを忘れなかった。予想したように、二人とも満足気な表情になった。

「先生、ぼくたちのほうから、精子と卵子の提供者に礼を言わなくていいのでしょうか」夫が訊いた。

「わたしもひとことお礼を言いたいのです」妻までが言い添えた。

「いやそれは、前にも説明したとおりです。あくまで匿名が原則で、卵子と精子の提供者が誰なのかは知らせてはならないきまりです」

「でも先生はご存知なのでしょう」夫が訊いた。

「それはもう」

「では、先生からよろしく伝えておいて下さい」夫が丁重に頭を下げ、その横で妻も笑顔を向けた。

「分かりました。言っておきます」

「これで赤ちゃんが授かれば、本当に夢のようです」妻が言う。目が赤くなっていた。

「今年の春までは、もう子供を持てるなど、完全に諦めていました」夫も涙声になる。「結婚して五年たっても子供ができないので、思い切って二人でそれぞれ泌尿器科と婦人科に行って検査をしたら、ぼくのほうに原因があるという診断が下りました。それでも妊娠の可能性はあるというので、三年ばかり夫婦で不妊外来に通いましたか。そしたら、今度は妻のほうが、まだ三十になったばかりなのに閉経になり、早発卵巣機能不全だと言われました。踏んだり蹴《け》ったりで、何で自分たち夫婦だけが、こんな目にあわなければならないのかと、病気を恨みました。不妊治療の仲間からこちらの病院の話を聞き、藁《わら》をもつかむ思いで千葉から出向いて来たのです。その甲斐《かい》がありました」

岸川はうんうんと頷《うなず》き、夫の肩に手をやる。

「今日は近くのガルフホテルに泊まり、明日の朝、海岸を散歩したあと、午前の便で千葉に帰ります」夫が言った。

休憩室の外に出ると、岸川はつい頬《ほお》がゆるむのを覚えた。患者の感謝の気持が何よりの報酬だった。しかし、彼らに受精卵のドナーに礼を言うと答えたものの、卵子のドナーはこの世には存在していないのだ。二例目の患者の胚移植が成功し、十ヵ月後無事出産するとすれば、それは死んだ春奈と自分の子供に他ならない。

春奈が一時期、岸川の子供を強く望んだのを思い出す。もちろん未婚の母になるのを覚悟したうえでだ。いちおう世間に名の通った女優だから、マスコミで取り上げられ、父親は誰かと詮索《せんさく》もされるに違いなかった。人気挽回策《ばんかいさく》としてそういう話題づくりを故意にするタレントもいるかもしれないが、春奈は岸川の反対で結局断念した。彼女の願望が、他人の腹を借りて成就するとは皮肉な話ではあった。

その日の午後、やはり外来で武藤直子に受精卵の移植をした。

彼女とその夫の受精卵は、二細胞胚の段階で分割し、一方はそのまま移植に使い、残りの一個は急速冷凍法でマイナス百九十六度まで冷却している。その後、液体窒素タンクで保存し、再使用に備えていた。

直子が持参した基礎体温表が大いに役立ち、排卵日がいつになるかの予想をたてた。受精卵の移植を行う場合、あくまで母体の排卵時期を選ぶのが自然であり、実際に着床率も高かった。

この日が排卵日になるという確信は、前の日に施行した経膣超音波断層撮影で得られていた。直子に挿入した超音波のプローブは、卵巣に存在する一個の大きな成熟卵胞を描き出した。

「移植の手技は前回と全く同じです」岸川は内診台に横たわる直子に告げた。

「もう忘れました。七年も前のことですから」うっすらと目を開けて直子が答える。頰がかすかに上気していた。「先生、移植がうまくいったら、雑誌に公表してもいいですわね。女性雑誌の編集長をしている友人がいて、話をしたらすごく興味をもってくれたのです。是非とも記事にしたいと言っていました」

「事実は事実ですから、隠し立てするには及びません。ただし、病院の名前は伏せるよう約束して下さい」

「はい」直子は頷き目を閉じる。

整った顔を見おろした岸川は、七年前に同じように彼女の顔を上から覗《のぞ》き込んだのを思い出す。

あの頃はまだ病院が出来上がったばかりで、職員の数も今の半分しかいなかった。患者数も多くなく、体外受精の施行は週に一度、多くて二度だった。しかしそれだけにひとりひとりの患者の背景はよく覚えている。武藤夫妻はさんざん他の病院を回り、ようやくサンビーチ病院にたどりついていた。顕微受精に成功し、その移植が上首尾に終わった日、夫は岸川の手を握りしめて喜んだ。まだ一、二週様子を見なければ、成否の最終結果は分からないのだと言い添えても、夫はもう成功を確信していた。

その確信どおり、直子は妊娠し、エンブリオは順調に直子の胎内で大きくなった。定期検診に現れるたび、彼女には夫が付き添っていた。直子によると、家事一切は夫がし、買物にも夫が行くらしかった。彼女の仕事は、終日、本を読むかレース編みをし、モーツァルトを聴くのだと言う。

「モーツァルト？」岸川は思わず問い返したのを覚えている。

「主人が好きなんです。それに、どこからか胎教にも良いって聞いてきたようです」

直子は白い歯をのぞかせて笑った。読書の内容も夫から指定されたのかどうかは、訊きそびれた。

「今度もモーツァルトですか」岸川はETチューブを直子の膣内に入れながら問いかける。

「あっ、そうです」直子のいくらか上ずった声が答えた。「でも今度は、家事でも何でもこなしながらモーツァルトを聴くつもりです」

経産婦とは思えない明るい色をした大陰唇と小陰唇だった。

下腹部に当てたプローブは産婦人科の若い医師が操作していた。白木部長よりは手技が稚拙で、岸川は細かく指示を出す。

モニターを見つめつつ、チューブを子宮内に進める。いつの間にか自分が祈る気持になっているのに気がつく。最初の頃はともかく、この四、五年の間に自分の手技には一〇〇パーセントに近い自信をもつようになっていた。しかしいざETチューブを子宮に当て、受精卵を放出するときは、祈らざるを得ない。

「はい終わりました」岸川は告げ、チューブをゆっくり引き抜く。

「ありがとうございました」直子の声がした。

「一、二時間、休憩室のベッドで横になっていて下さい」岸川はマスクをはずした。「今日は病院に一泊していただきます。あとで私も顔を出します」

直子が微笑するのを確かめて部屋を出た。

六階の自室でくつろいでいるとき、卓上の電話が鳴った。吾郎だった。

「検査は間もなく終わるそうです。先生、ちょっと会ってやって下さい」

「今どこだ」

「産婦人科の外来です」

「それはまずい」

今朝早く、吾郎は兼頭の次に候補になる男を病院に連れて来ていた。血液検査や検尿、心電図、脳波、全身のCTを受けさせ、妊娠に耐えられる身体《からだ》なのかを調べていた。

「二十分後に降りて行く。看護師に言って、外来の特別診察室で待っていてくれ。まさか男性を産婦人科の外来で診《み》るわけにはいかん。それでなくとも、スキンヘッドの男にうろうろされたのでは、患者が恐がる」

「すんません。帽子をかぶっておきます」吾郎が言った。

コーヒーを飲み終えて一階に降り、院長専用の特別診察室にはいった。

電子カルテには、既にその男性の検査結果の大部分が打ち込まれていた。下山修《しもやまおさむ》は、三十七歳という年齢にしては老けていた。ずんぐりした身体つきで頭髪が薄かった。とはいえ脳波やCT、血液・生化学検査など、身体的なデータはすべて正常だった。

岸川はモニターに腹部CTの画像を映し出す。

「あなた、ずっと病院にかかったことはなかったでしょう」

岸川から問われ、下山は小首をかしげて眼を床に這《は》わせた。

「たぶんこの五、六年は、医者にかかっちゃいないはずです」横あいから吾郎が口を添えた。

「いや新薬の実験前にひと通りの検査をしておいてよかったですよ。胆のうの中に石があります」

「石ですか」下山は上体をかがめたまま顔だけは上げた。

「胆石です」岸川は重々しく言っておいて、ボールペンの先を画面に当てる。「病巣はここです」

「手術で治る」視線を向けられて岸川は答える。

「でも費用がありません」

「心配はいらない。院長先生のサービスだ」吾郎が口をはさむ。「前にも言ったように、この病院は利益の一部を社会奉仕に使っている。その恵みをあんたが受けられるんだ。そうでしょう、先生」

「手術そのものは簡単で、そう難しくはない。腹を切るのではなく、小さな穴を三個あけて、腹腔鏡で石を取り除く」

「どのくらい入院すればいいですか」下山はすがるような声を出した。

「三日もあれば充分だ。そのあと、二、三週間毎《ごと》に通院すればいい」

「すべて病院のサービスだよ」吾郎が駄目押しをするように言った。「先生、治療費も、部屋代もただだし、入院中に着るパジャマや部屋着もサービスでしょう？」

「ああ、退院のとき、パジャマのたぐいは持ち帰ってもらっていい」

「ほらそこまで院長先生はおっしゃっている。どうぞお願いしますって頭を下げるのが礼儀というものだ」吾郎は下山の後頭部に手をやって前に押した。

「お願いします」下山は神妙な顔で頭を下げる。

「はい、引き受けました」岸川は答えて、電子カルテのスイッチを切った。

「入院中は、俺《おれ》も見舞いに来る。退院後の定期検診も、俺が車で連れて来てやるから心配ない」吾郎が下山の背を叩き、立ち上がらせる。「それでは先生、入院は明日ということでよろしいでしょうか」
「結構」岸川も立って、二人を診察室の外まで送り出した。

6

下山修が吾郎に付き添われ、身ひとつで入院して来た日の翌日、全身麻酔下で腹腔鏡《ふくくうきょう》による手術を試みた。助手はいつものように白木部長が務めてくれた。

「前回の患者に比べて脂肪がぶ厚くなく、穴も開けやすいですよね」臍下《せいか》に腹腔鏡用の腹壁孔を作りながら、白木が言う。「この前のときはびっくりしました。ホームレスでも肥満体がいるのですね」

「糖尿病のホームレスも稀《まれ》ではないらしいからな。ホームレスでもダイエットしなければならない時代なんだろう」

シース（管状器具）を挿入して腹壁孔を設置したあと、左右から腹壁を持ち上げ、鋼線を恥骨上部から臍部に向かって突き刺《つ》す。腹腔内の視野を広くするためには、炭酸ガスを充満させる気腹法とワイヤーを使った吊り上げ法があるが、岸川は安価で合併症の少ない後者を好んだ。

「今度の受精卵もエンブリオの卵子を使ったのですか」白木が訊《き》いた。

「今度は違う。子宮癌《がん》で卵巣も剔出《てきしゅつ》した症例から培養した卵子だ。精子は体外受精のカップルの精子で、余剰分を使っている」本当は、春奈由来の卵子と自分の精子でつくった受精卵だ。

「もちろん、本人たちは知りませんね」

「告げてはいない」

「何もかもが異例ずくめですから、楽しみです。これに比べると、クローン人間の製造など面白くも何ともありません。あれはもう、決まったとおりの体細胞が、定式どおりにヒトになっていくだけの話です。こちらはさまざまな組み合わせで受精卵をつくり、育てていく妙味があります」

「クローン人間なんかロボットなみで、人間とはいえない。その点、我々がしているのは、あくまでも精子と卵子との出会いによる人間づくりだ。ロボットづくりとは根本から違う。あ、ライトをもっと上に当ててくれないか」

モニターの画面には赤々と腹腔内部が映し出されていた。岸川は両手で二つの腹腔鏡を操作し、肝臓の下端や十二指腸、膵頭部《すいとうぶ》を露出させて、位置の見当をつける。

「肝臓も立派じゃありませんか。前の症例は半ば脂肪肝でしたからね」モニターを覗《のぞ》き込んで白木が言う。

「これが大網《だいもう》だな」

左手の腹腔鏡についているマジックハンドで大網をつかみ、右手の器具でそれを支えるようにしてまくり上げる。

操作は暗箱の中で義手を動かすのに似ていた。事実、十年前に岸川が手技を修得したのも、暗箱を練習台にしたおかげだ。箱の両側に本物の腹腔鏡をさし込み、中にある紐《ひも》や小さな玉、カードを摑《つか》んだり、広げたハンカチを折り畳んだりした。それができるようになると箱に蓋《ふた》をして、モニターに映じる画面を見ながら器具を動かした。全くの大工仕事であり、大工と違うのは彼らが木の材質を知り尽くしているのに対して、こちらは身体《からだ》の解剖学的な内部構造を完璧《かんぺき》に頭の中に記憶していることだった。

「このあたりにするか」

「前の症例ではもっと下でした」

「あまり下過ぎたので固定が不充分だったうらみもある。もう少し明かりを近づけてくれ。よし、この位置にする。用意してくれ」

白木は容器にはいった受精卵を培養液とともにチューブに吸い上げ、さらに合成ホルモン液を吸い取った。

左手の方の腹腔鏡の内筒を引き抜いて、チューブを挿入する。右側の腹腔鏡を使ってレーザー光線を当て、大網の一部に軽い傷をつけた。そこに受精卵を慎重に移植する。

「こんなものだろう。あとは今日いっぱい、絶対安静を命じてくれ」

岸川は腹腔鏡を引き抜き、白木がその切開痕《こん》に糸をかけて縫合する。要した時間は四十分ほどだった。

午後、下山の病室を訪れると、吾郎がティッシュやタオルなど、身の回りの品を床頭台の中に入れていた。

「院長先生がわざわざ来て下さったぞ」吾郎から言われて上体を起こそうとした下山を、岸川は押しとどめる。

「痛みはあるかね」

「少し。はい」下山はおどおどしながら答えた。

「傷口の痛みはしばらくの辛抱だ。手術は大成功で、石は無事取り出せた」

岸川は胸を張って言いながら、偽物の胆石を持参しなかったのを後悔した。そのくらいの代物は、手術場に行けばいくらでも手に入れることができたのだ。

「抜糸がすむまで入院していていい。あとは二週間に一度、通院しなさい。後遺症が出ないかどうか調べる必要があるからね」

「分かったな」吾郎から言われ、下山は頭を下げる。

「それまでは、ゆっくり身体を休めるように。不自由があれば、彼を通じて私に言ってくれ」岸川は言い置いて病室を出た。

三時からの診察は三十三歳の女性で、五歳年上の夫が付き添っていた。

夫妻には既に四人の娘があり、五人目に男の子をもちたいために受診に来ていた。高原事務長によると、今度部屋の貸借契約が成立したガルフホテルのオーナーの長男夫婦だという。

外来の院長診察室には、高原がわざわざ付き添って来ていた。夫の味坂《あじさか》市郎《いちろう》は長身で、岸川と握手するなり話し出した。

「家内が四人目を妊娠する前、なんとか男の子を授かるようにと、十ヵ所くらいのお宮さんで願をかけました。しかしまたしても女の子と判って、半ばがっかりしたのです。いえ今はもう二歳になって、可愛《かわい》い盛りです。後悔はしていません。しかし父がどうしても男の子が欲しいと言うし、昔は五人兄弟、六人兄弟は当たり前、男児ができるまで頑張れとはっぱをかけられます。実際、父は六人兄弟の下から二番目なんです。幸い家内はこのとおり健康で、病気ひとつしたことはありません」

味坂は傍らの夫人の方を見た。大柄な女性で、目鼻立ちがはっきりしている。四人の娘たちも母親似であれば、さぞかし美人になると岸川は思った。

「五人目は、どうしても二の足を踏みます。また女の子だったらと思うと、妊娠する勇気もなくなります」大きな目を見開いたままで夫人は言った。

「家内の気持、分からないでもないのです。事務長の高原さんから先生の話をうかがい、一度ご相談に乗ってもらおうと思い、家内と一緒にやって来ました」

「つまり、男の子とはっきりしていれば出産もやぶさかではないのですね」

「はい」夫人が頷《うなず》く。

「可能です」答えてから岸川は姿勢を正した。「ひとつの方法は妊娠十週くらいのときに、子宮内の絨毛《じゅうもう》を採取して、染色体で胎児の性別を見分けます」

「それで男の子と分かればいいのですけど、違う場合はどうなるのでしょうか」夫人が尋ねる。

「人工流産させます」

「わたし、これまで中絶などしたことはないのです」夫人の声が急に湿っぽくなる。見る間に、目に涙がたまり出した。隣にいた夫が手を伸ばして肩を抱く。

「その気持は充分、分かります」岸川は大きく頷いてみせた。「もうひとつの方法は、受精卵の段階で男か女かを選別するのです。そうなるともちろん、体外での受精が必要になります。受精卵を比重で選別したあと、光を当てて、男か女かを確かめます」

「それで男と分かれば、どうするのですか」夫が訊いた。

「その受精卵を奥さんの子宮に戻して、通常どおりに発育させます」

「女だったら？」目に涙をためたまま、夫人は岸川を見つめた。

「そのまま凍結保存します」

「捨てるのではないのですね」

「捨てません。凍結しておけば、何十年何百年後にも、使おうと思えば使えるのです。例えば、例えばの話ですが」岸川は顔の前に指をたてて注意を促した。「四人いる娘さんがそれぞれ結婚して、運悪く、そのうちの誰かに子供ができない場合、凍結していた受精卵を使うことも可能です」

「そうなりますと」夫が考える顔つきになる。

「そうです。自分の妹を自分のお腹《なか》の中に妊娠することになります。しかし、全く他人の子供を持つよりは心情的にも納得できると思いますよ」

「なるほど」夫が腑《ふ》に落ちた顔になる。

「しかしそれは、例えばそういう使い道があるという話です。いずれにしても、せっかくの受精卵を捨て去ることはありません」

岸川はじっと夫人のほうを見やった。彼女の表情にも安堵《あんど》した心中が読みとれた。

「お願いします。人工中絶はしたくありません」夫人がきっぱりと言う。隣に坐《すわ》った夫も膝《ひざ》を乗り出す。

「先生、それが可能なら、よろしくお願いします」

「分かりました。あとの手順や処置については、白木部長から説明させます。ここで待っていて下さい」

岸川は退室して廊下に出る。高原事務長が待ち構えていた。

「味坂夫妻の気持は痛いほど分かるよ。生まれてくる五人目の男の子、両親から可愛がられて幸せ者だ」

「ありがとうございます。いえ、一番喜ぶのはガルフホテルのオーナーでしょう。例の話を進めているとき、孫が云々《うんぬん》という話題になって、私が進言したわけです。これが成功すれば、初めての男の孫になります」高原は両手をこすり合わせた。

「商談はまとまったのか」

「はい。最初は十室の契約で進めることに決まりました。九月一日から半年毎《ごと》の更新です。需要が増えれば、十五室に増やし、将来はワンフロア全部を貸し切りにもできます」

「ワンフロアだと何室？」

「二十二室です」

「となるとうちの病院が百二十床だから、二割近くをホテルでまかなえるわけだ」

「はい。増築し、職員を配置するよりは経営効率がいいです。利用者も、病院よりはホテルのほうが、夫婦で自由に宿泊できるし、付属施設も充実しています。病院、患者、ホテルと三者がすべて利益を受けるわけですから、これくらい結構な話はありません。ただひとつ、万が一、患者が急変した場合すぐに往診してくれるか、救急車を回して患者を収容してくれるかと、ホテル側は心配しています」

「その態勢はすぐにでもつくれる。救急部が対応すればいい」

「もうひとつ、訪問看護をしてもらうと安心だというのです。これは妙案だと私も思いました。一日一回、看護師が患者の泊まっている部屋を巡回するのです。もちろん訪問看護料は請求できます。患者がひとつのホテルに何組も泊まっているので、効率は普通よりよくなります」

「なるほど。さっそく看護部長と煮詰めてくれ」

　岸川は承諾する。高原のやり方は単に利益優先ではなく、あくまでも患者に便宜を与えるという側面も忘れてはいない。岸川が彼に全幅の信頼をおいているのもそのためだ。利潤追求だけが目的なら、病院ではなく、他の商売をやったほうがましだろう。

「先生、あの夫婦の願いを叶《かな》えられれば、私も話をもちかけた甲斐《かい》があります」

「大丈夫。ただ、男女生み分けというのは、あまり大っぴらに口外はできない。上得意先だけのサービスだ」

「分かっております」高原は一礼をして総務部に引き返した。

岸川は産婦人科の外来に足を向けた。待合室をのぞくと、窓際のソファに腰かけた直子が文庫本を読んでいた。斜めに揃《そろ》えた長い脚がまぶしい。

白衣に気がついて直子が視線を上げる。笑みがこぼれた。

「今日は何の本ですか」

七年前の出産のときも、暇があれば病室で読書をしていたのを思い出す。

「お経の本です」

「お経?」

「いえ、お経といっても、お釈迦《しやか》さまの書かれた詩の解説です」

「へえ、お釈迦さんは詩人だったのですか」

「こんな詩ですの」

直子が短い文句を口にする。人は皆、死に行く境涯にあることを自覚すれば、一瞬一瞬が輝いて感じられるはずだ——。そういう内容だった。

「なるほど、身が引き締まります」

「でも、これを読んだとき、わたくしは別のことを考えたのです。ひとりひとりは死に行く境涯に置かれていますが、生命は形を変えてずっと続いていく。わたくしの生命は父と母から授かったものですけど、そのあともずっと続いていくはずです。そうすると、ヒトは連綿と続いて死なない——」

「なるほど」岸川は頷きながら直子を診察室に案内した。

午前中に施行した採血と採尿の検査結果は、もう電子カルテに記入されていた。モニターを操作しながら、ホルモンの値を確かめる。

「先生、どうでしょうか」

直子がじっと岸川を見つめた。もうどういう返事になっても覚悟はできているという表情だ。

「受精卵はうまく着床しています。間違いありません」

「ありがとうございます」

直子の目がみるみる涙に潤み始める。「何だか夢のようです」

「あとは月に一度、定期検診に来て下されば結構です」

「普通の妊娠と何か違う点はあるのでしょうか。気をつけることなど——」

「いえ、もう前回と全く同じです。あまり大事をとり過ぎて運動不足になってもいけませんし」

「仕事は続けてもいいのですね」

「構いません。そんなに力仕事というわけでもないでしょう。不規則な生活と不摂生に気をつけてもらえれば、あとはどんどん仕事をして下さい」

「この病院に来るのもいい休養になります。日帰りがきついときはガルフホテルに泊まります。ホテルの部屋から入江が見えますし、ベランダに出て本を読んだり、夕方には浜辺を散歩したりします。この頃は海水浴客が多くて、夜八時過ぎても、浜は賑《にぎ》わっていますけど」

「今夜もホテル泊まりですね」

「はい。明日の朝帰ります。車で三時間ほどですから」

「サンビーチ受診のときはのんびり過ごし、あとの時間は思い切り働いてもらって構いません。もう恐いものなしです。ご主人を亡くされたあと、会社をつくり、それが軌道に乗った矢先に、またお子さんを亡くされたのですからね。本当によく耐えられました」

「先生だけです、そう言っていただけるのは。胸が張り裂けそうな気持、親兄弟にも話せないものです。この数年、ずっと圧力鍋《なべ》のような気持でいました」

「圧力鍋?」

「ご存知ありません? ほら、蒸気を逃がさないで煮たり蒸したりする頑丈な鍋です」直子は泣き笑いの顔になる。「それが自然冷却された気持になりました。もうこれからは普通の鍋でいます」

「蒸気を中に込めないような?」

「そうです」直子は少女のように頰《ほお》を染めた。「こんな話まで聞いていただいてすみません。友人にも話しづらいものがあります。それに、悩みを同性に話すのでは、何か手ごたえが薄いのです。その点、男の人の意見は何倍も頼りになります」

「そんなものですか。初めて聞きました」岸川は首をかしげてみせる。

「少なくともわたくしにはそう思えます。ですから、こうやって時々、先生に話を聞いてもらえると嬉《うれ》しいのです」

「遠慮なくどうぞ。たいした助言もできませんが」

「よろしくお願いします」直子は膝の上に両手を揃えてお辞儀をした。

「それでは次の受診日は三、四週後くらいで」岸川が言うと、直子はバッグの中から赤い手帳を取り出す。「スケジュールが詰まっていれば、土曜日曜でも構いません。あくまでも患者さんの都合優先が、うちの病院の方針です」

「でも先生にもスケジュールがおありでしょうし」

「私が不在のときは白木部長が代診してくれます」

「いえ、わたくし、岸川先生にお会いしたいですもの」直子は幾分口ごもりながら答え、手帳をめくる。

　彼女が指定した日は、岸川も都合が良かった。

「急用がはいったら、電話を入れて下さい。変更はいつでも可能です」

　岸川は直子を立たせ、診察室の外まで見送る。青い麻のスーツが似合っていた。

　一週間前に受精卵を移植したもう二人の女性にも、着床を示す検査結果が出ていた。ひとりは死んだ春奈の卵子を使い、もうひとりは堕胎した胎児の卵巣から採取した卵子を用いていた。どちらも精子は岸川自身のものだ。

このままうまく妊娠が経過すれば、直子が出産する頃に、他の二人も赤ん坊を持つことになる。ひとりの赤ん坊は、生物学的に言えばまさしく春奈と岸川の間にできた子供であり、他の一方はまだこの世に出生しなかった胎児が生物学的な母親になる。

岸川は、開院以来自分の精子を使った体外受精による出産がどのくらいあるか考えてみる。正確に算出はしていない。しかし二百例にはなるはずだ。この事実は誰も知らない。

日本の産科婦人科学会は、提供配偶子、つまり精子・卵子とも第三者のものを使った体外受精や、一方が非配偶者の精子を使った提供配偶子の体外受精の場合、同一提供者から一定数以上の妊娠が発生しないよう留意すべしとの勧告を出していた。一定数が十人なのか百人なのかは定かにしていない。少なくともそうやって生まれ成人した者同士が、知らずに結婚して、近親婚となるのを防止するのが目的だった。

岸川は自分の関与した例が果たして一定数以上を意味するのか、頭の中で反発を覚えながらその勧告を読んだ。たとえ五百例としても、それは大海に注いだ水の一滴にも及ばない少なさではないか。ましてその五百人の子供同士で、結婚が成立する確率など、限りなくゼロに近いはずだ。

もうひとつ、学会が問題にしつつあるのは、体外受精で生まれた子供が自分の出自を知る権利があるか否《いな》かについてだった。

成長した子供に対し、両親が他に生物学的な親が存在するのをずっと秘密にしていれば、もちろん問題は生じない。しかし両親が真実を告げたり、何らかの理由で子供が出生の秘密を知った場合、問題は現実味を帯びてくる。しかも離婚が決して稀《まれ》ではなくなった現在、子供がその事実を知らされる機会は多くなっているからなおさらだ。

そのようなとき、子供は出生した病院に対して、自分の本当の親は誰だったのか、情報の開示を求めることができるというのが、学会での大筋の結論だった。もちろん開示の内容は病院側によってさまざまになる。記録にもとづいて、男親が誰で女親が誰だと知らせる病院もあろうし、複数の精子を使っているので、男親は同定できないと回答する手もある。あるいは、体外受精の段階で情報は開示しないという誓約書をとり、拒否する手段を講じる医療機関もあるだろう。

今はまだ、岸川の精子を使って出生した赤ん坊は、最年長でも五歳そこそこで、情報開示の問題は生じていなかった。

岸川自身、そういう事態に立ち至ったとき、どう対応するかはまだ決めていない。記録がないと答えて言い逃れることもできるし、逆に男親は自分だと公表するやり方もある。

どちらでもいいというのが、今の岸川の気持だ。そのときどきの判断で、白黒をはっきりさせたり、灰色のままにとどめてみたりしたい気がする。自由に処理できるこの秘密性に、岸川はある種の快感を覚えた。

ローマ時代の帝王でも、封建時代の君主でも、自分の子供を何百人も持つことは不可能だった。それを自分が成し遂げつつあるという満足感は、何ものにも代えがたい。秘密にしておくことで密《ひそ》かな喜びはいやがうえにも大きくなるし、その反対に、世間に公表してみたい衝動にもかられるのだ。

自分の精子を使って生まれた子供には、稀ならず病院内で出くわす。母親が子供を小児科に受診させたついでに挨拶《あいさつ》に立ち寄ったり、玄関ホールで偶然行き合わせたりした。母親だけでなく父親も一緒だったりする。そんなとき、岸川は腰をかがめて子供に名前を尋ね、いくつになったかを訊いた。まわらない舌で名前を言い、動きのかなわない指で年齢を示したりする子供の反応が可愛らしかった。母親のスカートの後ろに隠れてもじもじする子もいれば、ちょこんと頭を下げ、ふざけて走り出してから、振り返ってこちらを見る子供もいた。そんなとき、岸川の視線は自《おの》ずと子供の目鼻立ちを確かめていた。どこかに自分の面影がないか、探そうとしているのが自分でも分かった。

挨拶を交わしたあと、後ろ姿を見送りながら、うまく成長するのを祈る気持は、他の通常の子供たちと違って、特別なものがあった。

岸川自身、自分の本当の父親は知らない。うどん屋を営んでいた父親は背も低く、顔立ちも自分とは違っていたが、まさか実の父親が他にいるとは考えてもみなかった。高校時代に死んだ母親も、それについてはひと言も触れないままだった。父親が告白したのは、岸川が獣医学部の三年になったときだ。直腸癌《がん》の再発でもう先がないことを覚《さと》った父親は、岸川が大学の産婦人科での人工受精で生まれたことを告白した。母親は本当の母親だが、精子は医学部の学生のものらしかった。

そのときの衝撃が、岸川を獣医学部から医学部に学士入学させたと言っていい。経済的には店を譲渡した金を自由にできた。

しかし生物学的な父親を岸川が知ろうと思ったことは一度もない。ただ、人工受精の技術がその当時なければ、今の自分はこの世に存在しなかったのだという思いは、絶えず頭の中に去来した。敗戦四年後の一九四九年に始まったＡＩＤ（非配偶者間人工受精）が自分を生んだのだ。

現在精子に関する不妊治療技術は、女性に対する不妊治療同様に、日進月歩していた。充分な精子の質と量が得られない乏精子症や精子無力症、乏精液症、無精子症の患者でも、最新の技術を駆使すれば、精子を取り出して加工し体外受精にもち込める。具体的には、精子の濃縮、運動能力の高い精子の選別、形態異常の精子の除去、無菌処理を行うことで、受精能力はぐんと上がる。精子そのものが形成されない症例では、精子になる前の精子細胞を採取して、卵子の中に注入してやることもできる。もちろん現段階では受精率はまだ低く、何度も試みなければならないが、不可能事ではなくなっている。

つまり、卵子が、その源となる卵巣があれば培養技術によって確保できるように、精子についても精巣の痕跡《こんせき》が残っていれば、受精にこぎつけるところまで来ている。

従って、岸川がＡＩＤに際して自分の精子を使う機会は、これから先、次第に減っていくはずだった。密かな精子提供の楽しみは、この三、四年のうちに幕引きになる運命なのだ。

7

午前中の外来診療を終えたとき、小児外科の宮下《みやした》部長から電話がはいった。すぐにこちらに向かうという話だった。

「知恵をお借りしたいのです」気忙《きぜわ》しい足取りで入室するなり彼は言った。禿《は》げ上がった額に汗がにじんでいる。

「また何か事故でも起きたのか」

不吉な予感がして岸川は訊《き》き返す。誤薬のせいで三歳の女児が一時昏睡《こんすい》に陥ったのは、先月の出来事だ。別の看護師が気づいてすぐに胃洗浄をしたので、大事に至らなくてすんでいた。

「いえ。そちらの面は厳重に注意しています」宮下部長は細い身体《からだ》をピンと伸ばして答える。

「半年前に心臓を移植した五歳の男児ですが、どうも再手術が必要のようなのです」

「再手術にも、もう一度ファームで培養している心臓を使えばいいだろう？」

「それが危険を伴うのです。前回も、慎重に組織適合させて心臓を選んだのですが、拒絶反応がひどくて苦労しました。免疫抑制剤を多量に使って、何とかヤマ場は乗り切りましたが、その後の経過も順調ではなく、今度の心不全傾向も一種の拒絶反応のように思えます」宮下部長は口元を引き締める。

「再手術してもまた同じことが起きる可能性があるんだな」

「そうです」宮下部長は重々しく顎《あご》を引いた。「そのたびに心臓をとり替えて、三回、四回と手術をする手もありますが、それだと患者の身体がもちません。それで――」

「他にいい方法があるのか」

「同胞の心臓なら拒絶反応は少ないと考えて、両親にそう話したのです」

「妹か弟がいるのか」驚いたのは岸川のほうだ。「しかしその心臓を移植するわけにはいくまい」

「いえ、母親が今妊娠七ヵ月なのです」

「――」

「そのお腹《なか》の中の胎児の心臓ならうまく行くと、私からもちかけたのです。これもひとつの方法ですから」

「しかし――」岸川は唸《うな》りながら相手を見返す。

「母親の大きなお腹が眼にはいったので、つい口が滑ったのかもしれません」

「一理はある」岸川は慰撫《いぶ》する口調になる。「それで母親の反応は？」

「両親は一瞬顔を見合わせ、黙っていましたが、最後には一日考えさせてくれと言ってくれました。私はよけいな負担を両親に強いたのではないかと、反省したのです」宮下部長は口をとがらせる。言いつのるときの癖だった。

「それはもう自然な成り行きだ。当然かもしれない。それで最終的な返事はどうだった」

「やってみます、ということでした。今、小児外科の待合室に待たせています。できたら、そのあたりを院長から説明していただけると、より安心するのではないかと思うのです。二人にとっても一大決断でしょうし」

「確かにその点は小児外科よりも産婦人科医の説明のほうが、親も受け入れやすいだろう」

「ここに呼んで来ましょうか」

「こちらから行く」

岸川は連れ立って小児外科の外来に行き、診察室にはいった。宮下部長が電子カルテの画面を使って、症例の簡単な説明をした。

「このままだとあとどのくらいもつ」

「せいぜい三ヵ月でしょう」確信をもって宮下部長が答える。

「それじゃ、あまりもたもたできないわけだ」

岸川は納得し、部長に両親を呼びにやらせた。

はいってきた西島《にしじま》夫妻は二人とも二十代後半、夫は過剰なくらいに礼儀正しかった。身重の妻は化粧もせず、憔悴《しょうすい》している様子が見てとれた。母親の後ろに隠れるようにしていた女の子が、岸川の方を眺めて笑った。

「お嬢ちゃん、お名前は？」岸川は腰をかがめて訊く。

「にしじまさゆり」女の子は小さな声で答え、はにかみ笑いを浮かべる。

「そう。さゆりちゃんはいくつかな」岸川も笑顔になっていた。

「二歳」女の子は指を二本立てて言う。

「ちゃんと返事ができて、偉いな」

岸川は椅子《いす》に坐《すわ》り直し、両親に向き合った。

「大筋は宮下部長から聞きました。辛《つら》い選択だと思います」

そこまで言って岸川は口をつぐんだ。先方の発言を待つつもりだった。

「ぼくたちが一番悩んだのは、あの子のために、次の子供を犠牲にするという点です」

沈黙のあと、父親が切り出した。その脇《わき》で、妻のほうは肩をすぼめ、眼を伏せている。

「ごもっともです」岸川が同意し、隣に坐った宮下部長も大きく頷《うなず》く。

「ぼくたち、まだ結婚する前に、一度人工妊娠中絶をしています。親には黙って医者にかかったので、二人だけの秘密です。その直後に、長男ができたのです」夫は少し溜息《ためいき》をついて続ける。「またその辛い気持を味わわねばならないのかと思うと、気が重くなります。ですから、今回のことを宮下先生から言われて、まず反対したのはぼくなんです」

夫は妻を見やったが、彼女のほうは口を開く気配はない。言葉を継いだのは夫だった。

「息子は剛志《たけし》と言うのですけど、五歳まで生きたのだから、これも寿命だと思って諦《あきら》めようと、気持の整理はぼくなりにつけていました。ところが、こいつが、助ける道があるなら精一杯やるのが親としての務めだと言い出しました。びっくりしたのはぼくのほうです。なるほど、助ける道があるのなら、やれるだけやってみるべきではないかと思ったのです。しかしまた水子供養が必要になります——」語尾は消え入るような声になった。

岸川も宮下部長も黙って頷くしかない。その沈黙に促されたように妻が顔を上げ、岸川を正視する。

「今度手術するとしたら、人工中絶のときと同じなのですか」

口調には思いつめた感情がにじみ出ていた。岸川はおもむろに口を開く。

「前の辛い体験は、妊娠何ヵ月のときでしたか」

「四ヵ月でした」

「現在、奥さんは妊娠七ヵ月と聞きましたが、そうなると三、四ヵ月あたりの中絶の仕方とは異なります。普通の出産と考えて下さい」

「普通に生むのですか」妻は意外な表情をした。

「いえ膣《ちつ》に錠剤を入れて流産を促しますから、形の上では死産になります」

「死んでいるのですか」夫が横あいから質問する。

「そこは微妙で、眠った状態というほうが正確かもしれません。いずれにしても死に瀕《ひん》した状態です」あとは想像にまかせるとでもいうように、岸川はそれ以上の説明をしない。

「なにしろ、なるべく新鮮な心臓を取り出さなければならないので、全く死んでいては移植が難しくなります」

助け舟を出したのは宮下部長だった。岸川は適切な言い方だと思い、頷く。

「本当に残酷な選択だということは分かります。でも、その分、生命をもらった今の息子さんに愛情を注げば、いいのではないでしょうか。以前の人工妊娠中絶にしても、やはりその分、生まれて来た子供さんに愛情をもたれたでしょうからね。お子さんは剛志くんとさゆりちゃんの二人だけですね」

「はい」夫が答える。「剛志が死んでも、三番目が生まれて来るからいいかなと考えたりもしました。お腹《なか》の中の赤ん坊は男の子です。恐ろしいことを考えて、剛志には悪かったと思います」

「そう考えるのはあなたたちだけではないですよ」宮下部長が慰める。

「わたしたちのような例は他にないのでしょうか」妻が訊いた。

岸川は無言で頷く。

「それで成功の見込みはどのくらいでしょうか」妻が冷静な口調で尋ねる。

「八割以上だと思います。本当のところは一〇〇パーセントの自信がありますが、万が一の不測の事態も考えて、そう答えておきます」

宮下部長の返答に夫妻は顔を見合わせた。

「お願いします」二人とも同時に頭を下げていた。「五年間わたしたちと生活してきた息子と、これから生まれてくる子と、どちらが大切かというと、やっぱり最初に考えたとおりです。生まれそこなった子供の分、元気いっぱいに長男に生きてもらえればすむことですから」

目に涙をためて夫がいい、傍らで妻がハンカチを目に当てた。

「苦しみは分かります。私共も最善の努力をします」岸川は答え、二人の肩に手をやる。

「あとの細かい治療計画については宮下部長と相談して下さい」

岸川は立ち上がる。部屋の出がけに女の子の名を呼び、バイバイの仕草をした。両親が深々とお辞儀をしたのには、会釈で応じた。

宮下部長の提案は、結局は正しい選択のような気がした。あとは両親の悲しみに見合うだけの完璧《かんぺき》な手術をしてやるだけだろう。

六階の自室に戻ったとき電話が鳴った。児島加代からだった。

「今夜は本当に来るのでしょうね」なめらかな声が言う。

「今から出るところだ。開演前に着く。楽しみにしている」岸川は壁時計に眼をやる。

「顔を見るまでは信じられない。急患がはいったとか何とか理由をつけて、すっぽかされたのは二、三回じゃすまないんだから」

「今日は大丈夫。長電話はできない。あと十分で病院を出る。そして明日の昼にはまたトンボ返りだ」脅しが効いたのか、加代はすぐに電話を切った。

白衣を脱いでスーツを着、靴をはき替える。アタッシェケースを机の上に置く。一泊用と二泊用、三泊用と三種のアタッシェケースがあり、日頃からいつ出発してもいいように中味を整えていた。

電話で吾郎に車を回すように命じ、部屋を出た。

「夕立が来そうですね」車に乗ると、ルームミラーに顔を映して吾郎が言った。

西の空が黒ずんでいる。病院の玄関先に立ったとき、異常に蒸し暑かったのもそのせいらしい。

「ひと雨くると、植木もひと息つきます。この頃は朝夕二回水をやらないと、しおれてしまうので大変です」

「花壇の中のあの黄色いのは何だい」

「金せん花です。もうそろそろ終わりですけど、きれいでしょう」

「それもいいが、この前、真赤な鶏頭にはびっくりした。夕陽《ゆうひ》が当たっていて、それこそあたり一面血の海になったようだった」

「あれはまだこれから先、秋の終わりまで元気がいいです」

「種はみんな自分で採っておくのか」

「そうです」

「偉いもんだ」

吾郎と花好きは似合わないと言おうとして岸川は口をつぐんだ。

飛行場で吾郎と別れ、手続きをすませて待合室に急いだ。搭乗はもう始まっており、機内に着席してから乗務員に新聞を持って来させた。日頃じっくり新聞を読む時間はなく、移動の際は気兼ねなく紙面を広げることができる。

社会文化欄に体外受精に触れたコラムがあり、岸川は興味をそそられた。寄稿者による署名記事ではないので、記者の取材によるものだろう。

記事は合衆国で急成長している生殖産業を取材していた。年間二千億円の市場であり、年間二十万人の女性がその恩恵に浴しているという。なかでも生殖市場の最有力商品は精子で、スポーツ選手や俳優、あるいはIQ一三〇以上の知識人の精子を専門に貯蔵している精子銀行があるらしい。

記事は有償の代理母にもふれている。ひとり当たり約二百万円が相場だ。この市場も年間百億円に近い繁盛ぶりで、このままだと、十六、七世紀の貴族や富裕階級の間で赤ん坊の授乳は乳母に任せるのが当たり前だったように、自分の腹を痛めない生み方が流行するのではないかと、記者の筆致はいささか皮肉っぽい。もっともこれに対しては州政府が危惧《きぐ》を抱き、ミシガン州やニューヨーク州など、代理母の禁止に踏み切る動きも出ている。

商売になるものはどんなものでも逃さない合衆国の実情の一面をよくとらえた記事だが、急増している不妊クリニックについては取材していなかった。岸川の知る限り、体外受精を手広く行っているのはリプロテックという株式会社で、全米各地にフランチャイズ式の診療所を持ち、現在ではもう百近いサテライト・クリニックを有しているはずだ。三年前、デトロイトで開かれた産婦人科の国際学会でその話題が出たとき、ハンバーガー・ビジネスと同じだなと岸川は思ったものだ。

岸川自身はそうしたマクドナルド方式の商業化した医療には反対だった。あくまでも本来の医療の一環として、不妊医療や生殖医療を遂行したかった。サンビーチ病院で開発した多くの最新技術を公表していないのもそのためだ。現在の技術を合衆国の企業にもちかければ、何億ドルかで買い取るか、共同研究の話も出るはずだった。しかしそうしてしまえば、苦心して開発したすべての技術が商業化され、岸川の目論見《もくろみ》とは違った方向に暴走してしまう。

来月早々にモナコで開かれる国際エンブリオ学会には、締切り寸前にインターネットで演題と要旨を提出していた。内容は『男性腹腔内《ふくくうない》への受精卵移植』と題して、兼頭の臨床経過を記載した。もちろん応募の時点ではまだ流産を起こしておらず、目下妊娠は継続中だと報告していた。『男性の妊娠』という題名にしなかったのは、衝撃度を弱めるためで、倫理的な問題での論争は避けたかったのだ。

採用を拒否されるのではないかという岸川の懸念は杞憂《きゆう》に終わった。プログラム委員会からはすぐに採用の通知がEメールにはいった。しかも一般口演から格上げして、スペシャルレクチャーでお願いしたいという依頼状までつけられていた。通常の口演発表だと、質問も含めて十五分だが、スペシャルレクチャーは発表三十分、質問十分の計四十分の長丁場になる。岸川は受諾の返事を出した。

学会では、十二年前に研修留学していたパリのラリボワジエール病院の同僚と顔を合わすのも楽しみだ。フランス人同僚の中には、合衆国に渡って大学の教官になった者もいた。合衆国の現状も彼の口から直接聞けるはずだ。

学会に同行させると加代には言っていたが、まだその行き先は教えていない。告げるのは今夜だ。学会のウェルカムパーティには和服で出席させよう。注目を集めるのは間違いない。

飛行機が着陸態勢にはいる。岸川は目を閉じて気を鎮める。車輪が滑走路に着地した瞬間の衝撃が一番嫌いだった。ふわりと舞い降りるような着地は十回に一回もない。しかしそんな絶妙な着地を経験したときは、儲《もう》かった気持になり、そのあとずっと快感が続いた。

着地はほとんど振動がなく、岸川は手を叩《たた》きそうになるのを自制し、目を開く。窓の外の景色が水平に後ろに流れていく。

「岸川先生でしょう」突然通路側に坐っていた男が言った。五十年配のごま塩頭で、着席してからもずっと電子手帳を操作していた。その仕草がせわしなく、岸川は全く無視していたのだ。

「岸川ですが、どちらでお目にかかったのでしょうか」

「いえ、お目にかかるのは初めてのはずです」男は名刺を取り出して岸川に渡しながら続ける。「松崎です。この前、井上会長から電話がありました」

岸川は思い当たる。どこかで見た顔だと思ったのも、選挙の際のポスターだったのだ。髪を整え、撮影用の化粧もして、実物よりは何倍も紳士然として写っているため、すぐには気づかない。

岸川は恐縮しながら立ち上がり、通路に出た。後方の席に坐っていた秘書らしい青年が、鞄《かばん》を手にして近づき、岸川にも頭を下げた。

「昨日、現場を見て来ました。全く井上会長のおっしゃるとおりで、あのあたり、整備をする必要があります」すべては胸三寸にあるという態度で、松崎は言った。

「恐れ入ります」

「何とか致しましょう」松崎は丈夫そうな歯を見せて笑う。「しかし井上会長、モナコ出張には満足しておられました。たった二週間というのが残念だったそうで――。病院には出張の前に立ち寄られたのですね」

「そうです。ちょっとした検査がありましたから」岸川は話の帳尻《ちょうじり》を合わせた。

「モナコではクルーザーの上での食事がおいしかったらしいです。獲れたての魚やエビを料理して、夕陽を眺めながらアルコールを飲み、命の洗濯をしたと言っていました。身体の具合が悪かった一時期と比べると、大した回復力ですな」

「全く」岸川も頷く。岸川の船で食事をしたことをモナコに入れ替えて、松崎に話したのだろう。

「モナコ土産に、Ｆ１レーサーがかぶる帽子を貰《もら》いました。ゴルフでは重宝しています。ともかく、歩道整備の件は力の限り骨折ってみましょう」

松崎は手刀《てがたな》を切るようにして会釈をし、連れの男と一緒に足早に立ち去った。

タクシーに乗り込み、劇場に着いたのは開演十分前で、案内係に従って通路を進むときに予鈴が鳴った。加代が予約してくれた席は舞台に向かって左寄りの最前列だった。

金と銀の刺繍《ししゅう》のある緞帳《どんちょう》を眺め上げながら、額の汗をぬぐう。この席では居眠りもできず、加代のにやりとする顔が思い浮かんだ。

観客は中高年の女性が多く、最前列に坐っている男性はどうやら岸川ひとりのようだ。加代は切符だけを同封していて、パンフレットの類《たぐい》は何もない。どういう筋立てかも想像がつかない。

幕が上がると、どよめきが起こった。川を真中にして舟宿や料亭の並ぶ景色が観客の意表をついたのだ。手前に橋がかかっていて、柳が春の芽吹きを見せている。

右側の舟宿の二階の窓が開き、若い女性が顔を出す。たすきがけをして、手にははたきを持っている。視線は向かい側の料亭にふととまる。誰かがそこに居《い》るのが彼女は気になる風情だ。やがて顔を引っ込め窓を閉める。

下手《しもて》から登場したのは大学帽をかぶった学生と和服の女性だ。それが加代だとはすぐ分かった。日本髪を結い、白く化粧している。浅黄色の着物、白い足袋と駒下駄《こまげた》から玄人筋の女だとは想像がつく。

橋の上で立ち止まって二人は会話を始める。加代の科白《せりふ》回しはなかなかのものだ。岸川との距離は六、七メートルといったところだろうか。こんな近くから舞台の上の加代を眺めるのは初めてで、眼のやり場に困った。

加代は岸川の存在など頭にない様子で、完全に役になりきっている。

学生がしゃべっている間に、上手《かみて》から現れた着流しの男がどんとぶつかる。橋の上は天下の往来だ、こんなところで年増と若いのがいちゃつくんじゃねえ、とやくざ風の男が毒づく。あわや喧嘩《けんか》になろうかというのを加代がなだめ、男に頭を下げる。男は捨て科白を残して立ち去る。

　橋を渡ったあと、学生ははっと気づいて、内ポケットに手をやる。財布がない。さっきの男に掏《す》られてしまったのだ。

　今渡したばかりのお金なのにと、加代が嘆く。一年間の学費を稼ぐために、わたしがどんなに辛い思いをしたことか。加代は口惜《くや》しがる。俺《おれ》がうかつだった。学生が絶望的な顔になる。もうこうなれば、大学には未練はない。やめてしまおうと、彼は自暴自棄で大声を出す。あなだめるのは加代だ。ここでやめてしまえば、これまでの辛抱が水の泡と消えてしまう。あと一年頑張ればいいのですからと、思いとどまらせる。お金の工面は何とかすると約束し、上手のほうに消えるとともに、舞台がぐるりと回転する。

　そこは娼館《しょうかん》の内部で、二人の女性が身づくろいをしていて、女将《おかみ》と加代が奥の方から出てくる。金の前借りの申し込みに、女将は腹をたてる。

　お前はどうせ、あの男とは一緒になれない身分なのだから、お金をつぎ込んでもどぶに捨てるようなものだ。そうでなくてもお前には貸しが二百円もあるんだ。そのうえにあと三百円の用立てなど、むしが良すぎるとは思わないか。女将は首を縦に振らない。

　加代が決して売れっ子の娼婦《しょうふ》でないことが、女将の口ぶりからは予想がつく。

　どうせ相手はお前をなぶり者にしているのだ。最後は裏切られるのがおちだからやめておくんだね。人は自分の身分相応に生きるのがいいさ、と女将は毒づきながらも、懐中からぶ厚い財布を出して、加代に渡す。感謝する加代。

店に三、四人の客が現れ、女たちは女将に目配せされ、それぞれ相手をつかまえて部屋に消える――。

そのあと場面は下宿屋、河口の屋形舟、橋のたもとなど六場面が続き、第一幕が終わると割れんばかりの拍手となった。

岸川も手を叩く。時代と風俗を活写した舞台装置であり、通俗的な筋書きとはいえ、役者たちの熱演がそれを上まわって、重厚さを出していた。難を言えば、主人公の学生役を演じる歌舞伎《かぶき》俳優がどこか大味過ぎた。

三十分の中休みの間に岸川はバーのカウンターに坐った。チーズを肴《さかな》にしてビールを飲んだ。目の前に東京湾の暗い海が見える。遠くを動いていく光は、漁船だろうか。左の方にある大観覧車が照明とネオンに浮かび上がり、消えない花火のようだ。

隣に坐った五十年配のカップルが役者の評をしていた。岸川と同じように主演の男優に今ひとつ迫力がないといい、女主人公の役を務める女優の可憐《かれん》さと、脇役《わきやく》である加代の存在感ある演技を誉《ほ》めていた。

二幕目は一幕目にも増して、役者たちの演技に熱がこもった。男は下宿屋の娘と懇意になり、妊《みごも》らせてしまう。加代は男の不実を責めるが、もはや相手にされない。貢いだ金は返済されないままだ。そのうち病魔が彼女の身体を蝕《むしば》み始める。

――あなたはわたしに死ねとおっしゃるのですね。ええ死にますとも、死んであなたを憎み通します。

橋の上を通りかかる男に追いすがった加代は、男から拒絶されて叫ぶ。男は後ろも振り返らずに走り去る。降りしきる雪の中で加代は倒れ、激しく咳《せ》き込む。雪を紅《あか》く染める血。息をつく間もなく場面は転換して下宿屋の中に変わる。娘を妊娠させられたのを知った男親は、男に結婚を迫る。言を左右にして態度の煮えきらない男に腹をたてた男親は、包丁を手にして切りかかる。もみあううちに男親を刺してしまい、男は呆然《ぼうぜん》と立ちすくむ。駆けつけた娘も悲鳴を上げて気を失う。外は夜になってもしんしんと降り続く雪だ。

新たな場面は裁判所で、男は殺意がなかったとして、禁固十年の刑が言い渡される。平然として聞き入る主人公を、傍聴席で眺める下宿屋の娘。その腹はもう大きくなっている。

獄中の男に時折、配達される手紙。女は無事に男の子を生んだという。娘はそのまま下宿屋を続け、忙しく立ち働いているという便りだ。男は昼は獄中の紙工場で働き、夜は読書にいそしむ模範囚になる。下宿屋の娘は面会を何度も申し込むが、自分にはその資格がないのだと言って男は拒む。看守が、そこまで意固地にならなくてもいいのではないのか、ひと目自分の子供を見てやってもいいのではないかと諭《さと》すが、男は静かに首を振る。自分はもうこの世に存在しない人間なのだと。

模範囚だったおかげで、刑期を二年残して出所した男はそのまま寺男になる。昔の娼館を訪れて、亡くなった女の骨を納めた寺を探し当て、自分の働く寺の墓地に葬ってもらう。そうやって墓守りとして日々を暮らしていたある雪の日、和尚が男を呼び寄せる。お前を訪ねて見えた子供連れの女人があるが、会ってはくれぬか。そう言われた男は激しく動揺する。

迷った挙句に首を振るが、和尚は静かに言い諭す。お前はおのれの非を責めて拒むのであろうが、その女人が何かお前に悪いことでもしたというのか。男はまた首を振る。ならば、自分の我を張り通すばかりではなく、一度くらいその女人の願いを聞き入れてもいいのではないか。和尚の言葉に、男はがっくり肩をおとす。行って、見てやれ。そういう言葉に押しやられるようにして、男は立ち上がり、寺の正面玄関に向かう。

舞台が回り、雪が積もった境内に、傘をさした和服の女性が男の子を連れて立っている。後ろ髪をひかれながらも、願いが聞き入れられなかったものと思い、きびすを返しかけたとき、後ろから男が呼びかける。素足に草履《ぞうり》ばき、作務衣《さむえ》を着た坊主頭の男に、女は一瞬、人違いかと思う。しかし、間違いはない。

雪の境内をはさんで、二人は逡巡《しゅんじゅん》する。すると、男の子が叫ぶ。母ちゃん、ぼくはここにいるから行って来なよ。雪が一段と降り始める。女性は一歩、二歩、三歩とためらいがちに男に近づく。動かない男——。

距離がせばまったとき、作務衣の男が苦しそうに手を伸ばす。駆け出す女。雪遊びをする子供。幕が上から斜めに垂れて来て、まずは寺を隠し、ついで降りしきる雪と男の姿を隠し、女を隠し、最後にゆっくりと男の子を隠してしまう。

割れんばかりの拍手だ。隣の中年女性は、手を叩きやめ、ハンカチを目に当てたあと、また手を叩いていた。

さっと幕が上がると、雪の中に三人が立っている。子供を真中にはさみ、手をつないでお辞儀をする。一度目は深刻な表情をしていたが、拍手に迎えられて二度目からはカーテンコールの表情に変わる。後ろを振り返って共演者を迎え入れた。最初に登場したのは加代だ。拍手が大きくなる。娼婦らしい派手な着物姿で男の脇に立ち、深々と頭を下げる。

岸川も知らず知らず、拍手をする手に力をこめていた。その時だ。二階席や一階席の後方を見やっていた加代が、不意に岸川の方に視線をおとした。加代が笑いかける。岸川を直視して、どうだったと言わんばかりの顔になる。岸川はうんうんと頷いてみせる。

続いて、店の女将や仲間の娼婦、下宿屋のおやじ、寺の和尚、看守たちが舞台に迎え入れられ、一列に並び、一斉に頭を下げ、幕はようやく降りたままになる。

立ち上がって通路に並ぶ観客は、まだ芝居の余韻に酔いしれているようだった。閉演二十分後にエスカレーターの下で待つように言われていた岸川は、遅れて席を立つ。館内の売店にはまだ客が群がっている。役者の名がはいったTシャツや、女優手づくりのブレスレット、ビーズのポシェットが、かなりの値をつけて売られていた。

加代は扉の陰で待っていたらしく、岸川がエスカレーターを降りて行くと、さっと横についた。

「早かったな」岸川は言い、出口の方に足を向けた。

「もう大変。早変わりと同じよ。カツラをはずし、着物を脱いで洋服を着、化粧をおとすまで五分」

ブラウスにパンツ、スカーフを巻いただけの服装では、先刻まで準主役を演じた加代だと分からない。

「いや、顔は見ないで、ノーメイクだから」岸川の肘《ひじ》を加代がつつく。

「娼婦役、評判が良かった」

「そう、嬉《うれ》しい」加代は素直に喜ぶ。

タクシーをとめ、二人で乗り込んだ。

「加代の重々しい役があったからこそ、後半の展開が生きてくるんだ。その意味で熱演だった」

「でもね、演《や》っていて気になった。最前列にしたのを後悔したわ。先生の存在を忘れようとしたけど、無理だと分かって、今度は先生だけに見せる演技をしようとしたの。そしたら、いつもよりその役になりきれた」

「こっちも最前列だとつい肩に力がはいった。幕間《まくあい》にビールを飲んで、いくらか楽になったがね」

「ごめんなさい」

「あの歌舞伎役者も、初めはでくの坊みたいだと思ったが、後半は良くなった」

「あれは計算ずくでしょう。人を殺す前と後で人間が一変するのを印象づけるには、あの演り方がいいのかもしれない」

「熱演のごほうびに、モンテカルロの学会に連れていく」

「わあ、本当なのね」

「切符はもう取ってある。三十一日に出発だ」

「用意だけはしておいたの。嬉しい」加代は胸の前で手を合わせる。「でもモンテカルロってどこ？」

「出発までに調べておくんだな」

岸川はわざと冷たく言った。

8

加代は飛行機の中でも、修学旅行生のようにはしゃいでいた。毎年一回は女友達と海外に出かけていたが、岸川との海外の旅は初めてだ。モンテカルロがどこにあるのかは、劇団の友人に訊《き》いたらしい。

「彼女、羨《うらや》ましがっていたわ。付人《つきびと》みたいなお供でもいいから、連れて行ってくれと真剣にせがむのよ」

「遊びではないのだから。れっきとした学会だよ」岸川はめくっていた学会のプログラムを畳む。

「だから、加代の彼氏が学会に出ている間、わたしたち二人でいろいろ遊び回れると言うの。それもいいかなと思ったけど、万が一の懸念もあるし」

「万が一？」

「彼女、わたしより若くて美人。ほらこの間の芝居で主人公の娘役をやった人よ」

「ほう。それだったら悪くはないね」岸川は冗談めかして言う。

「でしょう。だからわたしがきっぱりと断ったの」加代は岸川の脇腹《わきばら》をつまんだ。「でも、先生が学会に出ている間、わたしはひとりっきりね」

「朝から晩まで会場にいるわけではないさ。夫婦でバカンス気分で来ている参加者も多いはずだ。ま、ひとりのときはカジノにでもはいっているといい」

「わたしはギャンブルは嫌い」

「そうだったな」土建業をやっていた父親が結局は競馬に金をつぎ込み、人を雇う身分が雇われる身分になったと、彼女の口から聞いていた。

「友達にもパチンコ好きがいるのよ。稽古《けいこ》をすっぽかしたりする。そんなときはすぐ分かるの。髪やセーターにパチンコ屋の臭《にお》いがしみついている」

「カジノはパチンコとも競馬とも違うからな」

「先生と一緒なら行ってもいいけど」

加代は岸川の膝《ひざ》の上にある学会のパンフレットを手にとる。表紙は、白地に赤と青、緑で女体が切り出され、右端にやはり同じ配色で昆布のような奇妙な図柄があった。

「第八回国際エンブリオ学会なのね。エンブリオというのは何？」

「横文字が読めるとは大したものだ」岸川は冷やかし気味に言う。「エンブリオは受精二週以後の受精卵のことだ。それ以前はプレ・エンブリオと言っている」

「胎児とは違うのね」

「胎児ももちろん広義のエンブリオだ。普通は受精後九週からは胎児という呼び方もするが、われわれ研究者の間では、九週目以降も往往《おうおう》にしてエンブリオと呼ぶ」

「九週というと、もう人間の形をしているのでしょう？」

「もちろん。九週目になると、例の勾玉《まがたま》のような恰好《かっこう》をしていて、頭が体長の半分を占めている。長さは七センチ足らず。そのあと急に大きくなって四週後には約十五センチになる。そのときはもう勾玉というより赤ん坊の姿をしている」

「十五センチ」加代は右手の指を広げた。「この親指のつけ根から人さし指の先までが十センチだから」

感心した様子でしばらく指先を見つめる。

「ともかく、エンブリオに関するすべての先端的な研究が発表される。二年に一回で集まるのは世界各国から千人以上。会場も三つに分かれているし、口演発表が二百、ポスター発表が同じ数くらいある。前回は他の用事と重なって行けなかったが、四年前のリスボンのときも、盛会だった」

「でも嬉《うれ》しい。一緒に来られて」加代は身体《からだ》を震わせた。「これでも少しは英語を勉強したの。カセットテープを聞いて」

「モナコの公用語はフランス語だ」

「あらそうなの。だったら無駄骨？」

「英語も通じるさ」

加代は安心したように遠くを見る目つきになった。

シャルル・ド・ゴール空港には昼過ぎに着き、一時間待って国内線に乗り換えた。

ニース空港着が四時で、モナコへはタクシーをとばした。

空は青く澄みわたり、いかにも地中海らしい明るい陽射《ひざ》しだ。運転手は岸川がフランス語をしゃべるのにいささか驚いて、饒舌《じょうぜつ》になった。早口で言われると、岸川も細部まで聞き取れない。モナコの中で是非行くべき場所を列挙しているのだけは分かった。

高速道路をはずれたあと、運転手はラッシュ時の混雑を避け、山沿いの道を辿《たど》った。道は狭かったが、その分、海の眺望は良く、見晴らしのいい場所に来るたび、加代は歓声を上げ、運転手を喜ばせた。

陽気な運転手は道中ずっとモナコの広さや人口、兵隊の数についてしゃべり続けた。聞き疲れた岸川が適当な相槌《あいづち》を打ち出したとき、運転手が前方を指さした。モナコだと言う。崖下《がけした》に小さな街が見えていた。入江に白い帆のヨットが蝟集《いしゅう》しているさまは、蝶《ちょう》の群れが羽根を休めている光景そっくりだった。

入江の周囲は立錐《りっすい》の余地なく高層ビルで埋めつくされ、道路がつづら折りに上下している。

車は坂道を下り始める。

「ここが国境です」

街が近づいたとき、運転手が言った。しかし垣根はおろか道路に線さえも引いていない。建物の造作が変化しているわけでもなかった。わずかに、フランス側では建物の壁に落書が多かったのが、モナコにはいると全くといっていいほどなくなっていた。舗装が良くなり、道路脇に花が増えた。赤いサルビアやマーガレットに似た白い花、名前を知らない紫色のろうそく形の花など、色とりどりだ。

「道のアスファルトは毎年一回、五月のＦ１グランプリレースの前に張り替えます」大きな道にはいって運転手が言う。

「するとここがＦ１のコースなのか」たった二車線しかない道に驚いて岸川は訊《き》いた。

「そうです。我々はコースとは逆向きに走っています。しかも、彼らの速度の十分の一で」

岸川は運転手の言葉を加代に訳してやる。加代は車から身を乗り出すようにして道を眺め、舗装工事のときは大渋滞で大変ねと、もっともな疑問を口にした。

「モナコの道路工事は、すべて夜中に行われます」

岸川が加代の疑問をフランス語に直すと、運転手が得意顔で答える。「住民が、寝ている間に家の前のアスファルトが新しくなっているので、びっくりするというわけです。工事をする機械も人間もみんな、フランスからやって来ます。我々フランス人にとってモナコは上得意先なんです。モナコの警察官五百人も全部フランス人です。モナコがどこかの国に侵略されたら、フランスの軍隊が助けに来るという契約もあります。なにしろモナコには兵隊は五十人くらいしかいません。武器も小銃だけです。はい、ホテルに着きましたよ」

運転手はカーブの手前で速度をゆるめ、小さな建物の前に停車した。すぐさまドアを開けて加代を車外に誘導したあと、後部のトランクから二個のスーツケースを取り出す。

岸川はメーターの代金に五ユーロを加えて八十ユーロを手渡した。運転手はホテルから出て来たボーイに荷物を任せ、車に乗り込む。「良い滞在を」と岸川と加代に言って帰って行った。

　フロントで手続きをしている間、加代はホールの内装に見とれていた。

「こんなに素敵なところは初めて」

　加代が天井を見上げる。見事な丸天井になっていて、鉄骨の間のガラスから黄金色の陽光が漏れ落ちてくる。鉄骨の線が美しく、あたかも頭上で花火が開いたような錯覚がした。

　三階に上がると、部屋からちょうどボーイが出て来るところだった。岸川からチップを渡されたボーイは部屋の中の操作を律儀に説明して、出て行った。

「廊下もすごかったけど、部屋の中も完璧」

　テーブルの上の籐籠《とうかご》にりんごと西洋梨《なし》が入れられている。花瓶の花はバラとかすみ草だ。その横にチョコレートの小箱も置いてあった。

　大きなダブルベッドのカバーと壁紙、椅子《いす》のクッションは同一の絵柄になっていた。天井や柱はほんのりと青味がかった白で統一され、豪華なだけでなく清潔感を漂わせている。

「こんな部屋なら、ずっとこもりっきりでも退屈しない」

　加代はレースのカーテンを開け、外を眺めた。

　道路の向こうに植木と草花が配置された歩道があり、その先にヨットハーバーが見えた。

「先生ありがとう。こんな場所、もう二度と来られない」加代が真顔になっていた。

「そんなことないさ。もっと素敵なホテルだってある」

「ううん、わたしにはたぶんここが最高。もうこれ以上の所には行かなくていい」

加代は自分で頷《うなず》きスーツケースの中味を出しにかかる。

岸川はフロントで貰《もら》ったメモ用紙を手にして、電話を取る。パリ留学時代の友人から伝言がはいっていた。

椅子に腰かけて相手が出るのを待つ。ここからはさして離れていないオテル・ド・パリに滞在していた。

受話器の向こうでフィリップ・ヴァリエの声がした。

「さっき着いたばかりなんだ」岸川はフランス語で伝える。

「ぼくのほうは昼頃着いて、プールでひと泳ぎした。卓也《たくや》はひとりか？」

「連れがいる。女友達だ」岸川は素直に答える。「バベットも来ているのか？」

「彼女は来られなかった。海浜学校の授業と重なった」

フィリップの妻のエリザベトは高校で理科を教えていた。バベットというのは彼女の愛称だった。

「バベット元気だろうね」

「元気にしている」

「ナタリーとダニエルは？」岸川はフィリップの子供二人の名を口にする。「元気だ。ダニエルは夏休みを利用して、ひと月ロンドンに行っている。英語の勉強だ。ナタリーは友達と北欧旅行。卓也と学会で会うかもしれないと言ったら、三人ともよろしく伝えてくれと言っていたよ」

「ありがとう。で、今夜はどうする」

「夕食を一緒にするか。疲れているのなら明日でもいいが」

「いや、飛行機の中では寝っぱなしだった。何時にする？」

「八時にホテルのロビーにしよう。三つ星のレストランがホテルの中にある。こんなこともあろうかと、ひと月前に予約を入れておいた。卓也のいるホテルからは歩いて二分だ」

「実際、箱庭のような街だな。何もかもが高密度で詰め込まれている」

「しかもデコレーションケーキのように飾りたてられている」皮肉っぽい言い方は昔のままだった。

「先生のフランス語、フランス人のよう」加代が衣裳棚《いしようだな》の鏡で岸川を見ていた。「何か映画のシーンのようだった」

「八時に会食だ。昔の同僚に会う。ひと休みして出かける」

「嬉しい。わたし先にお風呂《ふろ》にはいっていいかしら」加代はもう躍る気持を抑えられない様子だ。

　岸川はベランダに出てみる。クルーザーが帆をおろし、エンジンだけでゆっくり防波堤の内側にはいってくる。その脇をモーターボートが、白い波を残して駆け抜けて行く。入江の奥にある高い崖が橙《だいだいいろ》色に染まっていた。しかしそれがもともとの土の色か、夕陽に映えているのか定かでなかった。

　フィリップも岸川も都合のつく限り学会には参加していたから、二年に一度は顔を合わせる勘定だが、前回岸川が欠席したので四年ぶりの再会だ。そのたびに近況を確かめ、研究の話もした。対話の最後はいつもラリボワジエール病院時代の思い出で締めくくられた。

当時は二人とも三十歳そこそこで、診療面でも研究面でもようやく一本立ちしかけた頃だった。夏休みの二週間をフィリップの故郷であるパリ郊外のムランで過ごしたこともある。父親は公務員、祖父は国鉄に勤めていたらしいが曾祖父《そうそふ》は開業医で、土塀造りの納屋の中には、産科で使う古い鉗子《かんし》が保存されていた。ぶ厚い診療録も埃《ほこり》まみれの箱の中に納められ、取り出して頁《ページ》をめくったりもした。女性の診療録だけを取り出して分類し、内容まで立ち入れば、医療人類学的な貴重な論文でも書けると思ったものだ。残念ながらフィリップも岸川も、最先端の研究しか頭になく、一読したあと診療録は箱の中に戻して、それっきりになった。

その頃フィリップは内勤医の最終学年を終えて助手試験に合格したばかりだった。岸川が三年の留学を終えて帰国したあともフィリップは大学に残り、五年前に教授資格試験に合格していた。あと五年もすればフランスの産婦人科学会を背負う人物になるのは間違いない。しかしフィリップの美点は、そうした権威主義をちらつかせないところにあり、岸川が学会で発表する研究成果には、いつも最大級の讃辞《さんじ》を贈ってくれた。

岸川のほうは、日本で学会発表は一切せず、まして大学人との交流はあまりないので、フィリップとのつき合いは貴重だった。

加代がタオル地の白いガウンを巻きつけて出てきて、鏡の前に坐《すわ》る。

岸川も入れ違いに浴室で汗を流した。

「旅行先だと、着る物も迷わなくてすむから楽。だってこの三着しかないのだから」

加代は薄紫のワンピースを身体に当てて鏡に映す。襟元《えりもと》と袖口《そでぐち》にある白い縫い取りが若々しい。岸川がそう言うと、加代はその服に決めた。

「つき合いは長いの？　その人とは」

「十二、三年になる」

「わたしよりずっと長いのね。わたしを何て紹介するの」

「そのまま言うさ。こっちの人間は変に思ったりはしない」

岸川はテレビをつける。外国語の耳ならしのためには、テレビの音を耳に入れておくのが一番だった。

「飛行機の中であれだけ食べたのに、お腹《なか》がすいた」加代は髪を整えながら言う。「さっきチョコレートを口に入れようかと思ったけど、我慢した」

テーブルの上にある果物と小さな菓子箱が確かに食欲をそそった。

七時を過ぎたというのに、まだ外は明るく、海の色がはっきり見分けられた。入江の奥の崖が今は茜色《あかねいろ》に染まっている。

「どう、似合う？」

背後で声がした。加代が上から下まで盛装して立っている。バッグと靴が白、イヤリングとネックレスも真珠で、服の薄紫が生きている。

「舞台での着物姿も良かったが、洋服もいい」

「ありがとう」

「近くを散歩してみるか」約束の時間には三十分早かったが、部屋を出た。

エレベーターを二階で降り、それから先は金色の厚い絨毯《じゅうたん》を踏みしめて螺旋《らせん》階段を辿《たど》った。

「なんだか大劇場の舞台に立っている感じ」加代が立ち止まって呟《つぶや》く。

「何か科白《せりふ》を言いたくなるのじゃないか？」

「ううん。こうやって黙って腕を組んでいたほうがいい」加代は岸川の腕を取り、ステップを踏むようにして階段を降りる。「いつか先生が言ったでしょう。古井戸の中に落ちた女性のひとり芝居。あれからずっと筋立てを考えているのだけど、こんな場面も回想のなかに入れたいわ」

「井戸の底とは全く正反対の境遇だね」

ホテルの外に出た。通りを渡るとそのまま海の見える庭園にはいった。老夫婦が白いベンチに坐って、沈みかける夕陽を眺めている。ベンチの横に鉄製の彫刻が置かれていた。太った男女の堂々たる裸像だった。その先のテラスのような通路まで来て、ようやくそこが別のホテルの屋上になっているのだと分かった。狭い土地と傾斜が極限まで利用されている。

「先生、見て」からませていた腕を放して加代が叫ぶ。

陸地側の眺めも壮観だった。最前景にパリのオペラ座に似た様式の華麗な建物があり、背後の斜面には高層ビルが雛壇《ひなだん》をつくっている。さらにその後方には入道雲のような白い山塊が控えている。

ジョギングをして来た六十がらみの男性が例の彫刻の前で立ち止まり、体操を始める。日本のラジオ体操と違って、どこか軍隊での訓練を思わせる動きだ。ひとしきり身体を動かしたあと、こちらに走って来る。かなりの速度なのに息切れもしておらず、岸川たちと眼が合うと軽く口元をゆるめた。

「学会の参加者だ。きっと」白シャツと黄色のショートパンツを見送りながら岸川が言う。「ジョギングが中毒になると、どこに行っても走らずにはおれない。かなり年季のはいった走りだ」

「わたしも走ろうかな。ここに来て体重が増えないようにしなくちゃ」

赤く染まった夕陽が水平線にかかり始めていた。欄干に寄り、眺めている間に夕陽の下端が平たくなり出す。

夕陽が完全に沈んでしまうと、加代はまた岸川の腕を取った。日本でなら岸川も尻込《しりご》みするところだが、ここでは腕をからませるほうが似合った。外灯のついた庭園を抜けてオペラ座風の建物の横に出る。広場の中央に噴水用の池があり、五段重ねの円盤から水が落ちていた。向かい側のカフェテラスは、屋内より屋外のテーブルに客が集まっていた。

「この建物がカジノだったんだ」

ホテルにあった散策図を開いてみて、岸川は初めて気づく。オペラ座風の建物はてっきり博物館だと思っていたのだ。

「ここにはいらないという手はない。あとで来よう」

「賭《か》け事は嫌いだと言ったでしょう」

「観光地巡りのつもりで見物するだけさ」

カジノの横の建物がオテル・ド・パリだった。裁判所のようにいかめしい外見だったが、中に足を踏み入れたとたん、きらびやかさに目がくらんだ。巨大な鏡とシャンデリアがふんだんに使われ、自分がどこにいるのか一瞬途惑う。鏡の下にある長椅子から、男が立ち上がって近づいて来た。フィリップだった。肩を抱き合ったあと、加代を紹介する。加代が片言の英語で挨拶《あいさつ》すると、フィリップはすぐさま会話を英語に切り換えた。

「モナコは初めてですか」

「初めてです」加代が答える。

「卓也は？」

「俺《おれ》も留学時代、カンヌやニースを通ってサンレモまで行ったが、モナコは素通りだった。貧乏学生には用のない所だった」

「ぼくだってこれが二回目」フィリップも自嘲《じちょう》気味に言う。「最初は学生時代で、こんなホテルなど及びもつかなかった。広場のカフェでコーヒーを飲みながら半日ねばり、夜はユースホステルに泊まった」

「カジノは？」

「滅相もない」フィリップは肩をすぼめながら、「それは昔も今も縁がない」

ロビーの奥の方に堂々たる騎士の銅像があった。フィリップは岸川と加代をその下まで連れて行く。

「跨《また》っているのはルイ十四世だ。何しろホテル自体がヴェルサイユ宮殿をモデルにしているので、ルイ十四世は守護神のようなものだな」フィリップは陽気に説明する。「今夜だけは我々も貴族気取りで食事しよう」

実感のこもった言い方だった。

レストランもロビーに劣らず華麗で、豪華な天井をピンク色の大理石の柱が支えていた。白いテーブルクロスの上にのせられたピンク色のナプキンがやわらかな雰囲気をかもし出している。ほとんどの席が埋まり、岸川たちは円柱の横にあるテーブルに案内された。

食前酒はフィリップの勧めで全員キール・ロワイヤルにした。

フィリップから職業を訊かれて加代は「女優です。舞台に立っています」と答えた。ぎこちない英語だが、充分に理解できる。

女優だと聞いてフィリップは興味をそそられたようだ。どんな種類の芝居なのか質問する。

「古い芝居も、新しい芝居もします」

「日本には伝統的な芝居があったでしょう。カブキ？」

「歌舞伎《かぶき》よりは新しい芝居です。百年前くらいの時代です」

「すると、キモノを着ますね」

「着ます」

「見てみたいものです」フィリップが目を輝かす。

「簡単な着物は日本から持って来ている」岸川が言い添えた。

「それは楽しみ。今の服装も素敵ですけど」フィリップは社交辞令も忘れない。

メニューの内容はフィリップが英語で説明し、加代が分からないところは、岸川が日本語で補った。三人が二品ずつ決めたあと、ワインはフィリップがソムリエの意見を聞いて決めた。

「卓也は今でもワインが好きですか」フィリップが加代に尋ねた。

「いいえ、アルコールはあまり飲まないようです」

「昔の卓也とは違うのですね。パリ時代は安ワインを毎日一本はあけていました」

「おいおい、変な先入観は与えないでくれ。アルコール好きは、こちらの女優さんなのだから」

ソムリエが恭《うやうや》しくボトルを見せ、栓を抜き、自分でほんの少し試飲してから、フィリップのグラスに注ぎ込む。フィリップが念入りに味わったあと満足気に頷く。

「こうやって昔なじみと再会できるのは、人生の幸福な瞬間です」

三人でグラスを突き合わせた。フィリップがゆっくりした英語を使うので加代も安心したようだ。

「わたしもモナコに来て、映画の主人公になった気がします」

「いつも芝居では主人公ではないのですか」

「そうだといいのですが」加代が苦笑する。

前菜が運ばれて来て、加代は皿と料理の美しさに声をあげた。フィリップが鳩肉のサラダ、加代がフォアグラのキャベツ包み、岸川はオマール海老《えび》のブイヨン添えを選んでいた。

ワインがまわってくると、フィリップはますます口が滑らかになった。加代を気づかってしきりに日本の話をしたり、芝居に話を向けた。加代のほうは、英語が分からなくなると、岸川に助けを求めた。

「料理を食べ、ワインを飲み、英語で話すのって大変」加代が思わず日本語で漏らす。

岸川がフランス語に直してフィリップに伝えた。

「これは失礼。あなたが美しいので、ついついあれこれ訊きたくなったのです」フィリップに大真面目《おおまじめ》で弁解され、加代は顔を赤らめた。

「何か美しさを保つ秘訣《ひけつ》はあるのですか」フィリップはなおも訊いた。

「発声練習と水泳です」加代もワインの勢いで、身ぶり手ぶりを交えて答える。

加代が水泳をしているのは知っていたが、発声練習は岸川には初耳だった。

三人とも前菜は気づかないうちに食べ終えていた。岸川が口にしたオマール海老はほんのりと甘味があった。

「それから、肌の手入れには、岸川先生の病院で作っている秘密のクリームを使っています」加代は〈秘密〉に力を込めて言った。

「卓也の病院でできるクリームですか」フィリップが驚く。

「はい。プラセンタという名前のクリームです」加代は岸川の顔をうかがいながら答えた。

「プラセンタというと、何か胎盤の抽出液でも使うのか」フィリップから直接訊かれて、岸川も説明せざるを得ない。

「牛の胎盤を化粧品に使う要領で、ヒトの胎盤のエキスを作っている。もちろん商売ではないから、商品にはしていない。知人だけに配っているが、評判は上々だ。肌が白く、なめらかになり、化粧ののりもいいようだ」

「それは、このマドモアゼルを見れば判る。しかし副作用はないのか」

「ヒト由来のものだから、副作用なんか考えられない」岸川は首を振る。

「もう二年くらい使っていますが、何も感じません」加代が答える。

「バベットに使わせてみたいものだ。以前はあんなに化粧には無関心だったのが、この頃では大変な手入れぶりだからな」

給仕がワインの残りをフィリップのグラスに注ぎ、二本目を持って来る。一本目と同じ儀式があり、新たなグラスにワインが注がれる。一本目より赤味が濃い。

「確かに牛の胎盤なら、ひと昔前まで美白剤として化粧品に大量に使われていた。しかし例のBSE騒ぎ以来、使用禁止になった。病気の牛の肉を食べるより、牛の胎盤を原料にした化粧品のほうが危ないらしい。牛肉は毎日は食べないが、化粧品は毎日塗りつけるからね。牛の代用として今は羊の胎盤が使われているとも言われる。しかしヒトの胎盤を原料にするという話は聞いたことがない。日本では当たり前のことなのか」フィリップが真剣な顔で訊く。

「とんでもない。俺《おれ》の病院くらいなものだろう」岸川は悪びれず答えた。

「非合法か」

「いや、商品として売り出すならいざ知らず、自家用に使うのだから、取締まる法律などない」

「やはりフランスとは事情が違うな」フィリップが頷く。「フランスでは法律に抵触する恐れがある。いつか話したと思うが、一九九四年にできた生命倫理法だ。人体とその一部、あるいは産物は財産権の対象にはならず、もちろん売買の対象にもならない、というのがひとつ。ふたつめには、人体の一部と産物の利用は、本人が同意した無償で匿名の提供によってのみ許される、と明記してある」

「だったら、人体の産物である胎盤を母親が無償かつ匿名で、化粧品会社に提供できるのではないか」岸川が逆に質問する。

「しかし化粧品会社は、それで作った化粧品を売って金儲《かねもう》けをする。献血も似たようなものだが、あれは金儲けではなく、公共の福祉という名目があるだろう。化粧品はそうはいかない。あくまで商売だからな」フィリップも思案顔になる。「その点、日本には法律がなく、無政府状態というわけだ」

「産科婦人科学会の自主規制はあるが、法的な拘束力などもっていない。第一、学会員以外にはその自主規制も通用しない。実は俺も会員になっていないのだ」岸川は皮肉っぽく笑う。

「ということは、この分野で卓也は何をしてもいいということなのか？」フィリップが目をむく。

「ああ、技術的に可能なら何でも」

「先進国の日本で、全く野放しというのは信じられない」

「日本人はそうした抽象的な思考に、からきし弱い。大変な事態が生じて、やっと議論に火がつく。が、それでも自分たちの頭でものを考えない。欧米の法律をかき集めて、つぎはぎの折衷案を作って終わりだ。だからあと十年はこのままだろうな」

メインディッシュが運ばれて来る。加代と岸川が帆立貝、フィリップは子鴨《こがも》を頼んでいた。岸川は加代にフィリップとの会話の大筋を伝えてやる。

「するとわたしが使っているのは、世界にひとつしかない化粧品ね」

「そうです。クレオパトラが自分だけ秘密の化粧品を作らせていたのと同じです」フィリップが言う。

「感謝しています」加代が岸川に手を合わせた。

「ところで、お前の教室で研究していた人工胎盤は、どのくらい進んだのだ？」

岸川の問いに、フィリップは弱々しく首を振る。

「あれはもともと、呼吸不全の未熟児対策として研究され始めたんだ。ところが人工呼吸器を用いた人工換気で、呼吸不全には対処できるようになった。それ以来、ぼくの周囲では研究する者がいなくなった」

「お前自身は？」

「もうやっていない。研究の中心は凍結卵子だ」

「今度の発表もそれだな。いったん凍結した卵子を融解して受精させ、そのあとの経過を卵巣組織そのものの凍結保存と比較検討するという研究――」

フィリップの口演発表の題名と要旨から、その内容はある程度推測できた。精子や受精卵の凍結保存が比較的容易なのに対して、卵子のそれは極端に難しく、通常の凍結・融解の過程では変質が起こる。

「卓也も知ってのとおり、凍結卵子を使った受精卵が有効かどうかの判定は難しい。凍結と融解の過程でいろんな侵襲《しんしゅう》が加わるからな。受精卵が生きているか死滅しているかくらいは、その後の発達を顕微鏡下で見れば判る。問題は、染色体に何か異常が起きていないかを、初期の段階で調べられないということだ。染色体異常のある受精卵を子宮に戻したところで、流産の率は高いし、たとえ運良く出産までこぎつけても、奇形児を得るだろう。そこで、受精卵の段階で、卵に蛍光を当て、染色体の形を詳細に調べるというのが今度の発表だ」

「蛍光を当てて、却《かえ》って受精卵が傷つけられはしないのか」

「影響は全くない。しかしいずれにしても凍結卵子の受精率は悪い。四分の三しか受精しないし、受精してもそのあとエンブリオまで発達するのはわずか六パーセントだ」

「蛍光で調べた染色体異常はどのくらいだい」

「二八パーセントだ」

「つまり、凍結卵子は不良品が多いというわけだ」

岸川が出した明快な結論に、フィリップは顔をしかめて頷く。

岸川はワイングラスを口にもっていきながら、フィリップの顔を眺めた。もともとの問題は凍結卵子の作成そのものにあるのだ。凍結と融解が理想的に行われ、変質が生じなければ、そもそもフィリップがやっているような蛍光法による診断など不要なのだ。

サンビーチ病院では侵襲のない卵子凍結と融解を四年前から実用化していた。成功の鍵《かぎ》は卵子だけを凍結するのではなく、周囲の組織も含めて処理を行うことだ。もちろん、その際の保存液の組成や凍結・融解の速度にも特別な配慮がいる。一連の手技を岸川はまだ学会でも論文でも発表していなかった。

「失礼。専門的な話に熱中して」フィリップが加代に詫《わ》びを入れる。

「どうぞ、どうぞ、久しぶりでしょうし」加代が応じる。

「卓也とは昔から、研究の話ばかりしていたのです。普通、パリに留学して来る日本人は観光半分です。しかし卓也は違っていました。誰よりも早く病院にやって来て患者を診察し、誰よりも遅くまで研究室に残っていました。土曜と日曜は実験です。当初はあまり働くので、スパイではないかという疑いもかけられたほどです」

「スパイ？」加代が驚く。

「研究所の秘密を盗むために、休日出勤しているのかもしれないと、助教授が言い出して、ぼくが偵察に行くように命じられたのです。それでいきおい二人で研究室に一緒にいる機会が増え、仲良くなりました」

「スパイの疑いはなくなったのですね」加代が笑う。

「もともと卓也は獣医学部を卒業したあと医学を学んでいるので、生殖や出産についてはぼくら以上の知識と技術をもっていました。それで上司や同僚が嫉妬《しっと》半分で警戒したのですよ。実際、パリのラリボワジエール病院に来てからは、凍結精子や凍結受精卵の研究を続けて、教授も驚くほどの実績を上げたのです」

「おいおい、あまり誇張して言うと彼女が信じ込んでしまう」岸川がフィリップを牽制《けんせい》する。

「誇張でも何でもなく、本当の話なんです」フィリップは一層まじめな顔になる。「ラリボワジエール病院では、産婦人科だけでなく泌尿器科にも出入りして技術を身につけていました。あの頃の実験で、みんなをあっといわせた研究があります」

「どんな研究ですか」加代までが真顔になった。

「睾丸《こうがん》に悪性腫瘍《しゅよう》ができた患者がいたのです。癌《がん》ですから直ちに睾丸を剔出《てきしゅつ》しなければなりません。でもそうすると、子供がつくれません。その患者はまだ三十代で、結婚して三年目、子供はいなかったのです」

「よく他人の仕事の細かいところまで覚えているなあ」岸川もフィリップの記憶ぶりに舌を巻く。

「あまりにもスマートな論文だったので、頭に刻み込まれている」フィリップが続ける。

「もちろんその患者は、睾丸に癌ができているので無精子症でした。卓也は睾丸剔出の手術の際に、副睾丸と輸精管の内容物を吸引して凍結保存したのです」

無精子症や副睾丸、輸精管などの医学用語が加代に理解されるはずはなく、岸川は日本語で助け舟を出した。

「その内容物の中には少数ながらも精子が生存していて、その一部を使って、患者の妻の卵子とうまく受精させ、妊娠、出産までもちこみました。その一年後、同じ手法で二人目の赤ん坊もできたのです。ラリボワジエール病院の泌尿器科と産婦人科が協力して成功させた快挙だったので、新聞と女性週刊誌が取材に来たくらいです。週刊誌は、〈日本人ドクター岸川の神業《かみわざ》〉と絶賛しましたよ」

「そんなに有名だったのですか。知りませんでした」加代が熱い視線を岸川に向けた。

「日本に帰ってからも、その夫婦からは毎年クリスマスカードが送られてくる。息子のほうはサッカー、娘はバレエが得意らしい」

岸川も感慨深げに答える。

「しかし、明日の卓也の発表には、学会出席者の全員が注目していますよ」フィリップが加代に言う。

「どんな発表なのか、わたしは知らないのです」

「卓也は話していないのですか」

「話すまでのこともないからな」岸川はそっ気なく言った。

「それで、抄録にあった症例、今も妊娠は続いているのか」フィリップが訊いた。

「十日ほど前に流産した。だから失敗談になる」

「それでも何週もたせたのだい？」

「十五週」

「大したものだ」フィリップは感心し、加代に顔を向けた。「とにかく、明日の卓也の発表は注目を集めますよ。なかには反発もあるでしょうがね」

フィリップは改めてグラスを手に取り、岸川と加代に乾杯を促した。

「再会と新たな出会いを祝し、明日の研究発表を祝って――」

グラスを突き合わせ、三人でジゴンダスを口の中に含んだ。

9

国際会議場は、ホテルに隣接していた。十時に受付をすませ、大会議場で最初に開かれたシンポジウムに顔を出す。生殖免疫に関して合衆国から二人、英独仏からそれぞれひとりが自分のデータを発表した。しかし四年前と比べてたいした進歩はなく、免疫学そのものが停滞している印象を受けた。

三人の発表を聞き終えて中座し、中会議場で開かれていた口演発表を聞いた。ひとりの持ち時間は十二分で、それに三分の討論時間が加わる。拙劣な英語でしゃべる演者もいたが、正面に映し出されるスライドのおかげで理解はできる。南アフリカの研究者による発表は、エイズ大国らしさが出ていた。エイズ陽性の夫から採取した精子を洗浄し、エイズウイルスに感染していない精子のみを未感染の妻に人工受精させるというものだった。もし失敗すれば、妻と赤ん坊もエイズに感染させてしまう恐れがある。まさに綱渡りの技術と言っていい。発表でも、まだ技術は確立しておらず、成功率は七割だと正直なデータが披露された。質問は、失敗した残りの三割の患者はどうなったのかという点に集中した。女性と赤ん坊がエイズウイルスに陽性になっているのみで、幸いにまだ発病までは至っていないと、白人の演者は答えた。失敗した患者が治療機関を訴えて、損害賠償を要求した例はないのか、と当然の質問がフロアから出た。治療前に、この技術が一〇〇パーセント確実ではない事実を説明し、書面で同意をとっているので、今のところ裁判沙汰《ざた》になっていないという答えが返ってきた。

おそらく患者はすべて黒人ではないかと岸川は思い、質問しようとしたが、座長は時間切れを言い渡して、次の演題に移った。

そのあとの中国人研究グループによる発表も、岸川には面白かった。卵子の中の核だけを取り出して保存する方法を考案していた。卵子全体の凍結保存よりは何倍も容易で、しかも安上がりだという。残る問題は、その核だけでは精子と受精はできないという点だ。他の卵子を使い、核を入れ替えなければ、一人前の卵子にはならない。その新しい卵子は遺伝情報としては、前の卵子と同じものをもっているだろうが、総体としては同一ではない。しかし、まだこの方法で受精し、出産までこぎつけてはいないと発表者は補足した。ひとりっ子政策を国策としている中国では、卵子の保存は国民的な要請らしかった。例えば女性が悪性腫瘍《しゅよう》にかかり放射線治療を受ける場合、治療前に卵巣から健康な卵子を採取して保存しておけば、あとになって夫婦間で正真正銘の嫡子をつくることができる。しかし懸念は、卵子から核を取り出し、別の卵子に入れ直す過程で、卵子に傷が生じやすい点だ。

フロアからの質問もそこを衝《つ》いていた。それに対する発表者の返事は聴衆の反発を買った。仮に奇形児ができた場合、出生前の早期診断で発見して、人工流産させるだけだと、そっ気ない英語で答えたからだ。

人口大国ならではの傲慢な考え方がそこには出ていた。ダウン症の子供の生まれる割合は、他の国と比べて中国では極端に低い。出生前に何らかの人為的操作が加えられているからだ。

昼食は、豪華なサンドイッチを食べながらのランチョン・セミナーが二つの会場で開かれた。いずれも製薬会社がスポンサーになり、デジタルカメラのお土産つきだった。岸川が聞いたのは、排卵誘発剤で世界一のシェアをもつ製薬会社のセミナーだ。講師のひとりはその薬剤の優秀性を喧伝《けんでん》し、もうひとりは、誘発剤に伴う多胎の可能性を少なくする方法を示した。

通常の排卵では、一回の月経周期に一個の成熟卵胞が形成され、ひとつの卵子が放出される。排卵誘発剤を使うと、同時に複数の卵胞が成熟しその数だけ排卵されるので双子や三つ子、あるいは四つ子ができやすい。自然な卵子一個の排卵を促すためには、ゴナドトロピンの投与法を工夫する必要があった。

もちろん初めから体外受精を目ざす場合は、事情が逆になる。自然周期で一個の卵子を得ていては効率が悪くなる。一度になるべく多くの卵子を採取したほうが、体外受精で複数の受精卵をつくれる。そして子宮に戻す際に、技術の低い施設ほど一度に三個も四個も移植してしまいがちだ。だから四つ子や五つ子の出産は、世間が考えるようにその施設の勲章ではなく、手技の稚拙さの証明なのだ。

もっとも、その汚名を回避するための処置はある。多胎妊娠は母体にとっても胎児にとっても負担が大きく、流早産や妊娠中毒症が起きやすい。奇形や未熟児が生じて周産期の死亡率も高くなる。解決法は簡単で、子宮内のエンブリオを選択的に中絶すればいい。これが減数手術で、法律で容認するか否《いな》かは国によって異なっている。イスラエルやノルウェーなど少数の国では禁止されている。日本ではこの手術を、母体保護法で定める人工妊娠中絶に該当させるかどうかで見解が分かれる。しかしいずれにしても暗黙裡《あんもくり》に行われているのは確かだ。サンビーチ病院では減数手術はまだ一件も施行しておらず、双生児の出産は稀《まれ》にあっても、三つ子の経験はない。

セミナーが終わって、岸川はロビーに出た。参加者のうち何人かは、配られたデジタルカメラでさっそくお互いの写真を撮り合っている。修学旅行さながらのはしゃぎようだ。ロビーの四隅には、製薬会社が競うようにして飲料水コーナーを設けていた。製品の名が印刷されたカバーつきの学術書も無料で配布されている。カバーをとれば通常の本と何ら変わりはなく、ひとりで四冊も五冊も抱えている参加者もいた。

岸川は、ロビーの奥にあるポスター会場の前でフィリップと行き合った。フィリップがラリボワジエール病院での部下を紹介する。岸川の演題はプログラムで既に知っていたらしく、その若い医師は「是非聞かせてもらいます」と興奮気味に言った。三人でポスター発表を見て回り、二時十五分前に主会場に入った。

もともと千人近く入る主会場が七割方埋まっていた。

「みんな卓也のレクチャーを聞きたくて集まっているんだ」フィリップが岸川の肩を叩《たた》き、自分たちは空いていた後方の席に向かった。

岸川は右側の通路をまっすぐ進み、次演者席に坐《すわ》った。壇上では岸川の前にスペシャルレクチャーを受け持っている研究者が熱弁をふるっている。時間が少し超過しているようだ。岸川はしゃべる内容を頭の中で復習してみる。読み上げる原稿は用意していない。十五枚のスライドを使って、それぞれの写真の解説を加えながら、三十分間で淡々と発表を終えるつもりでいた。失敗しようが成功しようが、どうでもよかった。ただ、自分が経験した症例のありのままを聴衆に伝えられれば充分だと思っていた。

発表そのものより、楽しみなのは、座長あるいはフロアから出される質問だ。何年か前なら、出される質問を想定して、それに答える練習をしていたかもしれない。しかし病院をもってからは、そうした事前準備さえしなくなった。行き当たりばったりの問答のほうに刺激を感じるようになっていた。

前の演者はまだしゃべっている。要するに、精液中の葉酸の量を測定し、それが精子の密度に比例するのだと繰り返しているにすぎない。あたかも世界的な発見であるかのように強調して講演を終えたが、こうした内容をスペシャルレクチャーにすること自体、奇異な感じがした。案の定、質問時間になってもフロアからは手が上がらず、座長がみずから質問を買って出た。葉酸がどういう機序で精子の数の増減に影響しているのかと訊《き》かれ、演者は返答に窮した。いくつかの仮説を並べたものの説得力はなく、今後その点を解明していくのが課題だと思うと、初めの勢いとは対照的に弱々しく締めくくった。

いよいよ岸川の番だった。座長が岸川の名を呼び終わると会場が静まり返ったような気がした。

壇上に立ったとき、岸川は何か異変が起こったのではないかと思った。十数分前までは七、八割の入りだった会場が満員になり、後方の通路には三、四十人が立っている。まだ扉からはいろうとしている聴衆もいた。

岸川はまず前方に坐っている聴衆を見つめてしゃべり始める。冒頭は多少なりとも声が上ずったが、それも数秒後にはおさまり、普段の口調になっているのを自覚できた。

――男性が出産するという事態は、臨床上全く必要性がないと思われがちですが、事実はそうではありません。単に理論上のみならず、実際上の応用もあるのです。例えば子宮癌《がん》や筋腫《きんしゅ》で子宮を剔《てきしゅつ》出せざるをえなかった女性がいます。卵巣は温存されているか、あるいは術前に卵子が採取されて凍結保存されている場合、配偶者との受精は可能です。しかし、子供を得るには他人の子宮を借りなければなりません。つまり代理母を必要とするのです。ところが代理母では、本当にその夫婦の子供という意識が生じない場合もあります。後になって生物学的な母親と代理母の間で、権利争いも生じることがあります。私がこの研究を思い立ったのは以上のような理由からです。

自分の声が目の前の小さなマイクに吸い込まれていき、場内にはどのくらいの大きさで伝わっているかはつかめない。ただ、聴衆の誰ひとりとして動かず、すべての眼が自分に注がれているのは分かった。扉からはいって来た新参者も、自分の立つ余地を確保すると、まっすぐ壇上を見やった。

――以前からクーヴェイド症候群という面白い病態が知られています。夫婦間における妊娠出産の症状の伝染です。妻のつわりが夫に伝わったり、実際に夫の腹が大きくなったりするのです。それほど夫婦間の感情の交流は濃いと言えます。代理母を用いるくらいなら、夫が妊娠と出産を受け持てばいいと私は考えたのです。これから紹介するのはその臨床応用の試みです。

岸川は演台の上にあるボタンを押す。画像を入れたフロッピーディスクはあらかじめ提出していた。会場内が同時に暗くなる。

一枚目のスライドが男性の腹部に腹腔鏡《ふくくうきょう》を挿入する場面を映し出す。ついで二枚目に腹腔内の様子が映し出された。大網《だいもう》の裏側にレーザーメスで傷をつけ、合成ホルモンを周囲に撒布《さんぷ》し、受精卵を移植するところだと、岸川は説明を加える。

三枚目のスライドは、着床させた位置を図示していた。実物の写真では理解しにくかった臓器の位置関係が、手描きの絵によってより分かりやすくなっていた。

次のスライドは左右二つに分かれており、右に術前の男性の腹部、左側には術後十三週の腹部が写っている。会場内の嘆声が鎮まるのを待って、岸川は口を開いた。

――女性と同じように、妊娠十五週――すなわち着床後十三週ごろの大きさを示しているのが見てとれると思います。エンブリオは無事に着床し、そこで月齢を重ねた結果がこれです。ＣＴとＭＲＩでの画像は、次のスライドで確かめることができます。

岸川が言ったとおり、そのスライドも左右に分割され、ＣＴとＭＲＩによる腹部の断面図が映し出された。岸川はレーザーポインターをスクリーンに当てる。赤い矢印がエンブリオの位置をさし示すと、再び会場が嘆声で満たされた。

そしてさらに超音波断層撮影の結果も示される。

——エンブリオの成長はこのまま順調に進むと思えたのですが、予期しない突発事が起こりました。この患者が自転車に乗っていて転倒し、腹部を強打したのです。腹痛を訴えてすぐさま受診して来ましたが、診察の結果、腹部にデファンスを認め、急性腹症として緊急手術をしたのです。開腹の結果、やはり流産でした。

スライドがその時の手術状況を映し出す。さらに次の写真は、大網からはがれかかった胎盤と胎児の有様を捉《とら》えていた。場内は静まり返っていたが、岸川は故意に説明を加えず、その写真のままで沈黙を保った。十五センチほどの胎児は人の形をしている。会場の医師たちにとってそれは見慣れた姿のはずだ。しかしそれが男性の腹腔内に存在する衝撃性に、言葉を奪われていた。

——最初に提示すべきだったかもしれませんが、この男性患者のプロフィールについて説明します。

岸川がボタンを押すと、スクリーンに患者の病歴が映し出される。十数行に要約されており、岸川はその単語を拾いながら詳述し始める。

——患者は三十七歳、スーパーマーケットの店員です。三十二歳のとき、三十歳の女性と結婚するも、妊娠に至らず、妻がやがて子宮癌と判り、卵巣を含めて子宮全摘をすることになりました。卵子を採取して顕微受精を施行後、凍結して、移植に備え、今年の四月にこの手術に踏み切りました。患者とその配偶者のインフォームド・コンセントは充分にとっております。

そのあと数枚のスライドを使い、絨毛《じゅうもう》の病理学的所見や、局所に撒布するホルモン剤について大筋を示した。しかし明らかにしたのはあくまでも概略で、重要な部分は口にするのを避けた。暗い会場の中で何回もフラッシュがたかれ、カメラにおさめようとする聴衆もいた。

——第一例目は失敗に終わりましたが、次に示すのが、第二例目です。一例目よりも移植部位を上の方に移動させました。

最後から二枚目のスライドは、内視鏡が挿入された別の男性の腹部を写しとり、最後のスライドにはその腹腔内の様子が拡大されて映った。

——現在まだ着床一週目ですが、流産の気配はありません。今度こそは成功すると信じています。ご清聴ありがとうございました。

岸川が最後を締めくくると同時に拍手がおこった。岸川はスライドのスイッチを切り、軽く頭を下げ、明るくなった場内を改めて見渡す。人の数がさらに増えていた。立ち見の聴衆は両側の通路にまで溢《あふ》れ出していた。

座長がおもむろに質問を促す。間髪をいれず、二十本ほどの手が上がった。ユタ大学の産婦人科教授である座長はさっと場内を見渡し、前方の席にいた初老の男性を指名した。演壇の下に待機していた会場係の女性が、マイクを持っていく。その間、岸川は演台から身体《からだ》を離して、質問を待ち構える姿勢をとった。

「アラバマ大のフォレスターです。衝撃的な発表、感激しました。質問が多いようなので簡単に要点だけ述べます。局所にホルモンの合剤を撒布したと言われましたが、その男性には何か他に薬剤を投与されなかったのでしょうか」

岸川は小さく頷《うなず》き、前に出てマイクを手にした。

「全身投与はしていません。男性の体内にホルモンの変化が起こるのを防ぐためです。あくまでも局所にホルモン剤を投与する方法をとっています。但しその場合、そのホルモンがその場に長期にわたって存在することが大切で、合剤にはその工夫をしています」

「その合剤の成分内容を教えてくれませんか」質問者がすかさず訊く。

「実験が完全に成功した場合、論文で発表させていただきます」従って現時点ではそのつもりがないと言外にほのめかして、岸川は冷静に答えた。

次の質問の促しに対しても、挙手の数は減らなかった。座長は後方の中年の女性を指さした。大柄で赤いブラウスを着た女性は通路に出て、スタンドマイクの前に立った。英語にはどこか東欧訛《なま》りが感じられた。

「ベオグラード大のラダコヴィックと申します。移植した受精卵についての質問です。これには何か特別な操作や処置が施されているのでしょうか」

これも当然起こる質問のはずだった。岸川はマイクの前に顔を近づけ、質問者を見やりながら答える。

「受精はもちろん顕微受精で、ＩＣＳＩ（卵細胞質内精子注入法）を使っています。受精二日目の受精卵を凍結保存し、融解後に移植していますが、この凍結・融解の方法に私共は特別な配慮をしています。しかし受精卵そのものには何ら手を加えていません」

「二例目の受精卵も全く同じなのですね」

「同じです」

三人目の質問者に、座長はまだ二十代と思われる若い医師を選んだ。バランスよく質問者を配分する座長の意志が見てとれた。

「モンペリエ大のペリシエです。実に刺激的な発表です。ひとつだけ疑問が湧《わ》いたのですが、十五週で流産したのは、単に打撲という機械的な影響が原因だったのでしょうか。それとも他の理由が考えられますか」

質問者に同調するように、会場内の多くが頷いた。痛いところを衝く問いかけだった。

「それは何とも言えません。移植の位置が悪かったとも考えられますし、あるいは絨毛の発育不全が起こっているのかもしれません。いずれにしてもより正確な解答は、現在進行中の第二例目の成否が証明してくれると思います」岸川は控え目に言った。

相手の若い医師はもっと訊きたい様子だったが、座長が言葉をはさんで、最後の質問者を募った。十本くらいの挙手のうちから、彼は最前列に坐っていた老人を指名する。

小柄な老人はゆっくりと立ち上がり、係員からマイクを受け取った。

「テキサスから来たガードナーです」

老人がよく通る声で告げたとき、岸川は頷き、相手をじっと見返した。二十年ほど前に刊行され、既に四版か五版を重ねている名著『体外受精ハンドブック』の共著者のひとりだったからだ。もうひとりの著者トラウンソンは十年前に死去しているので、最近の実質上の著者は彼だと言ってよかった。

「男性に妊娠させる。これは人類の歴史のなかでも初めての試みです。人間が原子力を手に入れたのと同等の革命的な事件です。当然、宗教的、倫理的な問題が起こってくると思いますが、日本には男性の妊娠出産を制限するような法規制はないのでしょうか。いや私は何もあなたの研究を責めているのではありません。日本の事情に疎《うと》いので、あくまで参考のために訊いているのです」

十分間の質問時間は既に超過しており、岸川がしゃべるのはこれが最後だと、聴衆も分かっているようだった。固唾《かたず》をのんで壇上の演者を見つめた。

「ある先駆的な医療行為が宗教的、哲学的、倫理的、法律的、社会的な波紋を起こすのは、医学の歴史を振り返れば明白です」

岸川は壇上から老人を見据えた。「その良い例が、あなたが世界に先がけて開発された体外受精です。当時私はまだ学生だったので詳しくは知りませんが、試験管の中で精子と卵子を受精させる行為は、神を冒瀆《ぼうとく》するものだと、各方面から非難の矢が飛んで来たのではないでしょうか。しかし今や、体外受精は人類の福音になっています。前置きが長くなりました。

ご質問に対する答えです。日本には一切法的な規制はありません。一種の無法地帯であると言っていいかと思います」

「分かりました。素晴らしいあなたの技術に拍手を贈らせて下さい」

ガードナー老教授は立ったままで手を叩く。その拍手はすぐに会場に波及し、座長までが同調した。岸川は軽く頭を下げる。

拍手の余韻のなかで、岸川は次の演者と入れ代わりに演壇から降りた。次演者席の後ろにしばらく腰をおろし、場内が暗くなってから席を立った。通路に溢れていた聴衆の多くが、後方左右の扉から音もなく出て行く。その中に紛れ込んでロビーに出ると、フィリップにつかまった。

「卓也、よかったぞ。聞いていて、ぼくまで誇らしくなった。自分はあの演者とかつて机を並べて研究した仲だと、周囲の誰彼となく吹聴《ふいちょう》してまわりたくなった」

「大袈裟《おおげさ》だよ」

「いえ、すごい発表でした」フィリップの部下までが上気した顔で言う。

「引きとめて失礼。急いでいるのだろう？」

「三時半に彼女と約束をしている」

「悪かった。今夜のウェルカムパーティには出るんだな」

「もちろん」

「そこでまた」

フィリップたちとは手を上げて別れた。会議場を出て、ホテルへの渡り廊下を急いだ。冷房はきいているのに、いつの間にかスーツの下のシャツが汗ばんでいた。

加代は白いパンツにサンダル、淡青のブラウスという軽装でロビーに待っていた。

「うまくいった？」ソファから立ち上がって加代が訊く。

「質問攻めにあった。ここに来る途中でも話しかけられそうになったが、急ぐふりをしてやり過ごした」

実際、あのままフィリップと立ち話を続けていれば、他の会員から次々に話しかけられそうな気配だったのだ。

「どこか見物したのか」

「ううん。このあたりを少しうろうろして、土産物店やブティックを覗《のぞ》いて、あとはずっとカフェテラスに坐っていたの。坐って、通行人を眺めるだけでも、ちっとも退屈しない。不思議なのは、この国って若い人が少ないのね。みんな中年以上」

「なるほど。観光客だって、ここに来るのは年寄りだろうからな」

「カフェテラスの前の道をおとぎの国のような列車が通ったの。三輌《りよう》編成で、小さな機関車が牽引《けんいん》している」

「運転手は猿ではないだろうな」岸川が茶化す。

「ちゃんとした人間の運転。乗りたくなってホテルに戻って訊いたら、F1レースのコースを逆回りに一周するのですって。乗り場は訊いたから、これから行ってみない？」

「いいね」

「バス停はすぐそこ」

加代は岸川の腕を取ってホテルの外に連れ出した。路線バスの番号や回数券の値段までも、加代はホテルのフロントで情報を仕入れていた。

「やっぱりひとり歩きより、二人のほうがいい。何よりも日本語でこうやってしゃべれるし。学会には日本人も来ていたの？」

「直接話してはいないが二十人くらいはいるのじゃないかな。韓国人や中国人とは何となく見分けがつくからね」

プログラムを見ても、日本からの発表は岸川の他に四、五題出ていたはずだ。

「ブティックで日本人だと分かると、客を迎えるときと送るときに、どう日本語で言うのか訊かれちゃった。なかなか商売熱心だわ」

「何と教えた？」

「〈いらっしゃいませ〉と〈またどうぞ〉。〈こんにちは〉や〈さようなら〉よりもいいでしょう」

「あまり良すぎて、日本人客は胆《きも》を冷やすよ。それで何か買ったのか」

「レース専門の店なの。ハンカチやスカーフからブラウスまである。ちょっとした値段だから買うのはあと。スポンサーがついてから」

「はい、承知しました」岸川は冗談めかす。「明日にでもお供させて下さい」

坂を上って来た一番のバスに乗った。回数券を購入して、空いた席に坐る。バスの中にはジーンズの若者が多く、席があっても無視して立っていた。

バスは港まで降りて行き、トンネルにはいった。岩盤をくり抜いただけの空間で、壁も天井もコンクリートが張りつけられていない。モナコの国そのものが岩盤の上にのっている証拠だった。

トンネルを出ると、道は対面通行の二車線になり坂を上った。年配の客はほとんどが途中で下車し、終点で降りたのは観光客の若者ばかりだった。地図を手にした加代のあとについて路地を抜ける。広場に白と赤で塗り分けられたトロッコ列車が待っていた。なるほど遊園地のトロッコ列車を道路に移動させたようなものだ。まだ客は誰も乗っていない。

手持ち無沙汰《ぶさた》にしている制服の男に、加代が二人分の運賃を払う。

発車時刻は何時何分かと加代が英語で訊く。運転手は掌《てのひら》を広げ、五本の指を立ててみせた。

加代は五時出発かと誤解して驚いたが、岸川が確かめて、乗客が最低五人になり次第発車するのだと分かった。

「そうすると、そこに立って呼び込みをしないとだめかしら」

加代は広場を見渡す。正面は海洋博物館の建物で、入場者がひっきりなしに石段を上り降りしていた。

「それとも五人分の運賃を払うかだ」

岸川はもう車輌に乗り込み、どっかりと坐る。加代はまだ思案顔でどちらにするか決めかねている。

礼拝堂から出て来た女性五人連れが、岸川のくつろいでいる姿を見て乗車を決めたようだった。がやがやと最後尾の車輌に乗り込んだ。

「よかった」加代が岸川の横に坐り、ほっとした声をあげる。「二人で十ユーロ出すのと、その二倍半出すのとでは大違いだもの」

運転手が座席について警笛を鳴らす。大仰な音だ。広場にいた観光客が振り向き、その中の若いカップルが手を取り合って走り寄って来る。二人は真中の車輌にどっかりと坐って息をつく。ようやく列車が動き出す。

「何か誇らしげな気持」加代が見送る観光客に手を振っている。

「こんな代物に乗るのは、まあ三十年ぶりかな」

「わたしは二十年ぶり」

切符の半切れには〈紺碧の超特急《アジュール・エキスプレス》〉と記されている。超特急にしては自転車をゆっくり漕《こ》ぐ程度の速さだ。さっき乗ったバスとは逆向きに坂を下っていく。道を行く観光客が立ち止まってこちらを見やり、カフェテラスの客も、わざわざカメラを向けた。

「童心に帰るわ」加代がきょろきょろと周囲を見渡す。

港の近くで若い女性の二人連れが乗った。途中乗車も可能らしい。それにしても、乗客は女性が九人なのに対し、男は二人だ。

　列車は国際会議場のある建物の下を通過する。胸に名札をつけた参加者が入口付近に群れていて、一斉にこちらを見ていた。岸川は加代の陰に顔を隠す。

　二車線しかないヘアピンカーブも、列車は車体をくねらせて巧みに通り過ぎる。後続の車は広い直線道路に出るまで、紺碧の超特急を追い越せない。

「あのカフェテラスでこの列車を見たの」

　加代がカジノの前にあるカフェを指さす。パラソルの下の客が顔をこちらに向ける。どの顔も笑っていた。

「街全体が公園だとすれば、これは遊園地のお猿さん列車と同じだわ。先生もわたしも子供」

　加代がはしゃいで手を振る。女性の二人連れはカメラを車外に向け、二輛目に乗ったカップルは肩を抱き、時々唇を寄せた。三輛目の五人連れも何か大声で笑いあっている。

　片側二車線になると、脇《わき》を路線バスが追い越して行く。バスの背丈は見上げるほどに高く、窓際の男の子がこちらを見おろして手を振った。

「何だか大人と子供が逆転したみたい」小さく手を振りながら加代が苦笑する。「F1のモナコ・グランプリというのは聞いているけど、こうやって実際走ってみると、もう他人事《ひとごと》じゃない。来年は絶対テレビで見るわ」

　そのときの目印を記憶に焼きつけるためか、加代は左右の建物のひとつひとつに眼をやる。

「モナコにいる間は毎日これに乗りたい」

「どうぞどうぞ、明日からはひとりで大丈夫だろう」毎回つき合わされてはかなわないと思って岸川は牽制《けんせい》する。

列車は岸川たちの泊まっているホテルの前を通り、一直線に坂道を下って行く。市街地の中を通り抜けて再び急坂を上り、元の場所に辿《たど》りついた。

口々に運転手に礼を言って車輛から降りた。

「明日の予約をしておいたらどうだい。観光客が多く集まる時間帯を訊けば、客の呼び込みをしなくてすむ」

「いいの。五人集まるまで、前の方に乗って待つ」加代の返事は、まんざら冗談でもなさそうだった。

広場の正面にある海洋博物館は、水族館が中にあるとは思えないほど重厚な石造りで、どこか中世の宮殿のような雰囲気をもっている。井上会長の話を思い出して入場を誘ったのは岸川のほうだ。

期待は中にはいっても裏切られなかった。体育館よりは天井も高い一階ホールに、鯨の骨格標本が四、五頭分陳列されていた。写真とは違って、大型船舶なみの大きさに圧倒される。標本につけられた解説も詳細をきわめ、一般市民向けというより、その道の研究者をも満足させるほどの徹底ぶりだ。鯨の胎児標本までがホルマリン漬けになっている。捕獲された母鯨の子宮内にあったものだろう。ミンククジラの胎児だが、それでも二メートルの長さはあった。

「鯨ってどのくらい母親の胎内にいて生まれてくるの」加代が訊く。

「そこにも書いてあるが、人間と同じか、一ヵ月長いくらいだ。さっきの骨格標本になっていたシロナガスクジラだと、妊娠は十一ヵ月、七メートルの大きさで生まれてくる。それが十年で二十メートル以上になる」岸川は獣医学でおぼえた知識をたぐりながら答える。

胎児の脇にはヒゲクジラの脳も展示されている。六キロの重量があるが、体重比からすれば人間の百分の一だという。

学問性と見せ物の見事な融合ぶりは、地下の水族館に降りていくと一層はっきりした。中は充分暗く、壁に嵌《は》め込まれた四角い水槽だけが明るい。なるほど、井上会長が言ったように、水槽が額縁の役割をしていた。普通の絵と異なるのは、描かれた物体が絶えず動くことだった。

岩陰にじっとしている赤いザリガニは陶器の置物のようだったが、その上を泳ぐ青と黄色の縞模様《しまもよう》の熱帯魚は一瞬たりとも停止しない。水槽の下に掲げてある説明には、名前の他に生態が長々と書かれて、岸川は二、三個読んだだけでうんざりする。

広い館内は、淡水魚や海水魚、浅海魚に深海魚というように、いくつもの区画に分かれていた。水槽の形も、魚の大小に応じてさまざまだ。円形もあれば、わざわざ砂地を広くとって三角形にしているのもある。青い魚をいくつか並べたあとは橙色《だいだいいろ》の魚をまとめるというように、デパートの陳列棚なみに配色までも考慮されていた。

ひとつひとつの水槽を熱心に見ている加代を残して、岸川はその奥にある巨大な部屋にはいった。壁面全体が水槽になっていて、その前は円形劇場のような扇形の見物席が階段状にせり上がっていた。水槽の深さは七、八メートル、幅は二十メートルはあり、映画のスクリーンに似ている。薄暗い後方の席には若い男女と、親子連れが二、三組腰をおろし、ぼんやりと水槽を見やっている。

水槽の下にある解説のパネルの数からして、泳いでいる魚は三、四十種類、大ザメからメダカなみの色鮮やかな魚まで、大小さまざまだ。穴のあいた岩の中にはウツボに似た魚が潜み、その前の砂地には岩と形も色もそっくりな魚がいて、目だけを動かしている。

水槽の中程の深さを回遊しているのは、鰯《いわし》をひと回り小さくした黄色い魚の群れだ。五十匹くらい、水流とは逆方向にかなりの速度で泳ぐ。尾だけが白く、その白さを目印にして後続の魚が泳いでいるように見える。

「熱帯魚は——」

すぐ後ろで声がしたので、岸川は振り返った。背の高い老人が立っていた。

「熱帯魚は、その日一番元気のいい魚が先頭を泳ぐらしいですね」かぎ鼻を少し折り曲げるようにして老人は笑った。

「そういうものなのですか」岸川は正直に感心する。

「さきほどのあなたの発表も、さしずめ、先頭の魚と同じでした。もっとも、あとに続く魚たちとはかなりの距離ができていましたが」

七十歳は超えていると思われるのに栗色《くりいろ》の頭髪は薄くなっていない。灰色の瞳《ひとみ》がじっと岸川を見つめていた。

「会場におられたのですか」

「後ろの方に立っていました。学会で坐る椅子がなくて立って聞くなど、私の長い経験でも、数えるくらいしかありません」

「それはどうも」

岸川は言葉につまる。皮肉なのか賞讃《しょうさん》なのか相手の真意をつかみかねた。

「しかし立った甲斐《かい》は十二分にありました。もう少しお話の続きがあればと思ったほどです」

「成功した話ならよかったのですが、失敗例の発表ですから」

「そこなのですよ。元気な魚が先頭を切っている、この熱帯魚と同じなのは。失敗した症例を発表する勇気は、成功の自信が九割九分以上ない限り湧いてこないものです。それこそ次に続く魚を大きく引き離している証拠です。男性の腹腔内妊娠についてあれだけの技術を持たれているのですから、他の分野でも新技術を開発しておられるのでしょうね」

「あなたもやはり同じ研究を？」

自分を見つめる視線にかすかな嫉妬《しっと》があるのを感じて、岸川は訊いた。

「いいえ、もう私は研究の第一線を退《しりぞ》いて、リプロテック・アメリカの技術顧問をしています」

老紳士は自分の名を口にしない代わりに、生殖補助医療では世界最大のフランチャイズ・チェーンの名を告げた。合衆国全土に不妊クリニックを展開し、日本にも上陸の機会をうかがっているという噂《うわさ》のある巨大企業だ。

「現役の頃は人工胎盤の研究をしていました。もちろん動物実験です」岸川の表情が硬くなったのを見てとったのか、老人は如才なく続けた。「羊を使いました。満期に近い胎仔《たいし》を帝王切開で取り出して、人工羊水槽の中で生かし続けるのです。最高二百時間生かすのには成功しました。でももう二十年も前のことです」

「あなたはウィリアムズ・ザポール教授では？」岸川ははやる気持を抑えて訊き返す。

「そうです。よくご存知で」

「大学院の学生時代に、あなたの論文はずい分読みました。その後は論文が出なくなったので、どうされているかと思っていました」

「私の昔の論文をお読みでしたら、人工胎盤の実験で一番難しいのが何だか、お分かりでしょう。トマス・ハリスのほらベストセラーの小説にあったでしょう」

「『羊たちの沈黙』ですか」

「そうです。羊は決してじっとしていないのです。人工胎盤の中で盛んに動きます。体幹をくねらせたり、四肢を屈曲、伸展させたり、中には立ち上がって走ろうとするのもいます。本能なのでしょう。カテーテルがはずれ、出血多量で死んだりもします。沈黙どころの騒ぎではありません。そうした技術的なハードルを越えるのが難しかったのと、もうひとつ、外部の雑音もすごかったのです。人工胎盤や人工子宮など、神を恐れぬ暴挙だと、宗教団体から非難が上がりました。当時は、人工妊娠中絶を是認する医師が相次いで暗殺された時期でもありました」

「確かに非難の嵐《あらし》は、現在とは比較にならないでしょうね」岸川も納得する。

「何よりも困ったのは、研究助成金が取りにくくなったことです。大学の研究者にとって、研究費は命綱ですからね。研究費の停止は死ねというのと同じです」

「分かります」

「それで大学を出る決心をしました。幸いその頃、生殖産業が大きくなりかけていましたから、複数の会社から誘いが来ました。最初は小さな会社にはいったのですが、途中で今のリプロテックに移りました」

「そうでしたか。それであなたの論文を見なくなった理由が分かりました」

「企業だと、いちいち研究成果を発表するなどという愚は犯しません。それこそ企業秘密ですからね。自分のやっていることはひた隠しにしているくせに、他人のしていることに対してはアンテナを高く張っています。だから私もこうやって、老体に鞭打《むちう》って学会に足を運んでいるわけです」ザポールは自嘲《じちよう》気味に口元を歪《ゆが》めた。「しかし、あなたも大学の研究者ではありませんね。それでいてあのような実績をあげておられる。意を強くしました」

「大学は立ち遅れています」言下に岸川は答える。「産科と婦人科という枠組みがあるうえに、小児科や泌尿器科との垣根も取り払われていません。まして獣医学との連携など問題外です。生殖医療にはこれらの学問が渾然一体《こんぜんいったい》とならなければならないのです。それに、大学には倫理委員会があって、先端医療技術の臨床応用にはたいていブレーキがかかります。私が大学を全く相手にしないのもそこなのです。もう少し突っ込んで言えば、日本の産科婦人科学会や不妊学会も、もっぱらブレーキのかけ役ばかり演じているので、私は入会さえもしていません」

「それは賢明です」

　ザポールが頷き、さらに何か言おうとしたとき、加代の声がした。

「先生、ここにいたの。水槽の中に消えたかと思った」

息を切らしている加代を見て、ザポールは小声で詫《わ》びを入れた。

「大切な時間をとってしまい、申し訳ありません。また後ほど」

岸川も手をあげて応じる。ザポールは加代にも軽く会釈をして、部屋から出て行った。

「わあ、ここはお魚の講堂」加代が巨大水槽と階段状の座席を見回す。「講師が魚で、人間が生徒。講師は次々と入れ替わる」

　加代は突然右の方から姿を見せたサメに驚き、後ずさりする。

「ものを言わない講師ばかりだけどね」

「時々口を動かしているから、何か話しているのかもしれない。ほらこっちの青い魚も口をすぼめた」

「代わりに科白《せりふ》をしゃべってやったらどうだい。ひとりで何役もできる」

「わたしが興ザメです。昨夜《ゆうべ》はサメ肌が立つような嫌な目にあってサメザメ泣きました。でも今日はサメた眼で世の中を見て、元気にやっています」加代が即興の科白を口にする。

「サメ際が良かったのだ」

岸川が応じたとき、サメの大きな目が動き、岸川たちのほうをちらりと見た。

「魚の群れって、小鳥の群れと同じね。全体ではいろんな形になる」加代は水槽の上の方を見上げる。「でも唯一大きな違いは、音が全くしないこと。さっき先生を探すときも、叫ぶという行動を思いつかなかった。魚みたいにいろんな部屋を回ってみて、やっとここに辿りついたの」

加代はもう放さないというように岸川の腕をとった。

地階から階段を上り、海に面したテラスに立つ。目の前は何ひとつ遮るものはなく、地中海が一望できた。

「ここはちっとも海の香がしない」加代が鼻を上に向けて微風を顔に当てる。

「サンビーチ病院も、将来は近くにこんな水族館や公園を作ってみたい。まだ十年二十年先の話だけどね。そうすれば、観光地に出かけるような気持で入院できる。病院は大きくしなくてもいいんだ。小さくても、楽しいリゾートホテルのような病院が理想だ。ギャラリーや彫刻ルーム、お茶室があってもいい」

「小さな劇場はどうかしら？」加代が乗り気になる。

「いいね。付属の能楽堂もあったりしてね」

「小劇場ができたら、わたしを専属の役者にしてくれないかな。ひとり芝居でも何でもやってみる。おばあちゃんになるまで」

「おばあちゃんには、そんなに急いでならなくてもいいさ」

「でも、入院中にお芝居も見られて音楽も聴け、絵や彫刻も見られるなんて、日本中から患者さんが集まって来るわ」

「元気な患者は公園を散歩し、もっと元気になると、船にも乗れる。日本だけでなく、外国から入院しに来てもいいようにすべきだろうな。良い医療には国境などない。良いホテルに国境がないのと同じでね」

日本にいるときにはそんな雄大な構想など抱いたこともなかった。モナコに来て、遠い将来までがかすかに見え出したような気がする。

「帰りたくない」

岸川がテラスを離れようとすると加代が駄々をこねる。

「どこかでアペリティフでも飲むか。懇親会は八時からだから、少しは腹ごしらえしておく必要がある」

アペリティフと聞いて加代は笑顔になった。

10

加代が浴室を出たあとに岸川もシャワーを使った。

加代はいつものように鏡や化粧台をティッシュできちんと拭《ふ》き上げ、使用済みのタオルも折り畳んでいた。楽屋での習慣がそんなところにも出ている。

朝シェーバーをあてた顔にもう髭《ひげ》が伸びていた。若い頃から毛深いほうで、一日二回の髭《ひげ》剃《そ》りは珍しくなかった。夜に出かけるときなど、剃るのを忘れると、不精髭と間違われるくらいに口のまわりが薄黒くなる。

念入りに剃り上げてローションを塗り込む。また新しい一日が始まるような錯覚に陥る。

加代は化粧を終え、鏡の前で単衣《ひとえ》仕立ての絣《かすり》の着物を整えていた。藍《あい》の地に白や青で複雑な模様が浮き出ている。よく見ると、すべて犬の模様で、青い色のスピッツの形をしたのもあれば、白い縁取りのコリー犬もいる。犬の間には梅の花に似た五弁の花がちりばめられていた。信じられないほどの絣の技法だ。

「いったい何種の犬がいるんだ」

「わたしもまだ数えたことがないの」

岸川は目を近づけて数え始める。すべて違う犬と思ったのは間違いで、九種類の犬をちりばめたひとつの型が繰り返されていた。

「よくもこんな図案を思いつくもんだ。プリントなら簡単だろうけど、正真正銘の絣なのだろう？」

見れば見るほど、技法の高度さに舌を巻かざるをえない。

「もう十年くらいおつき合いをさせてもらっている作家なの。二年に一着も注文できないけど、これはモナコ用に思い切って買っちゃった。絣らしくない曲線が珍しかったし」

「スピッツの青がいいね。地中海の色だよ」

岸川が覚えているのは、去年の夏に加代が着ていた風船の絵柄だ。やはり藍の地に、白と青が風車模様になった風船が無数に浮かび、その間に、風を象徴するさざ波模様が軽やかに描かれていた。

「犬好きが見たら、近寄って来て離れないのじゃないか」

「わたしまで犬好きと思われたら困る。嫌いじゃないけど、飼ってみようとは思わない」

岸川は改めて加代の着物姿を眺める。舞台で和装に馴《な》れているせいか、不自然さがない。死んだ春奈も時折、着物姿でテレビに出演していたが、どことなくぎこちなさを感じたものだ。少なくとも岸川の前に着物姿で現れたことはなかった。

準備を終えた加代と連れ立ってロビーまで降りる。受付にいた女性がさっそく加代の美しさを誉《ほ》めた。加代が「サンキュー」と答えると、わざわざ外に出て、同僚の男子従業員を呼ぶ。二人とも絣地の着物を見るのは初めてらしく、〈東洋の美しさ〉だと言い、〈夏用のキモノ〉だと決めつけた。

「やっぱり持って来てよかった。ほら外国人は派手好みというから、地味な絣地なんか貧相にしか見えないと思ったの」

「彼らの目には、紺という色は決して地味ではない。ほら磁器にも紺一色のデザインのものがあるだろう。要するに、海や空の色に通じる色だから、主張のある色なんだ。加代の場合は、着ている本人の美しさもあるがね」

「まっ」加代が顔を紅潮させ、岸川の腕を引っ張る。「先生から美しいと言われたのは、これが最初だわ」

「そうかな。いつも言っている気がするけど」

「いいえ。一度だって言われたことはありません」

「いつもそう思っていたんだがな」岸川はとぼける。

「きれいなときはそう口にしてもらわないと。舞台と一緒で、お客さまの拍手で役者は成長していくのです」

「はい、かしこまりました」岸川はひょうきんに答え、加代の手をとった。

　連れ立ってホテルを出る。まだ明るさは残っていたが、昼間の暑さは影をひそめていた。外灯に明かりがともり、公園自体が銀色に染まりかけている。噴水には金色の光が当てられて、水盤からは金色の水が落ちている錯覚がした。

周囲を見渡しても原色のネオンはほとんどなく、街全体が銀と金の世界に変わりつつあった。

広場の正面にあるオテル・ド・パリには、一見してそれと分かる正装した学会員たちが集まり始めていた。蝶《ちょう》タイの男性も多い。女性もほとんど、肩を露出させたドレスを着ている。いきおい、参会者の眼は加代に集中した。

「ほら、みんなが絣の犬を見ている」近くに日本人らしい会員がいないのを確かめて、岸川は加代に言う。「英語で洒落《しゃれ》のひとつも考えておくといい」

「どんな？」加代は注目されているのを全身で感じながら岸川に身を寄せた。

「図柄の犬は全部自分の飼い犬で、それを織らせたというのはどうだろう。そのくらいの大ボラ、モナコにはふさわしい」

「でも犬の種類、わたしはスピッツとブルドッグ、シェパード、チワワ、テリヤくらいしか知らない」

「それで充分。それ以上は相手が教えてくれる」

会場の扉が開けられ、ゆっくり移動する。列の前方の会員たちが嘆声を上げた。それが何だったかは、岸川たちも中にはいって理解できた。高い天井からはいくつものシャンデリアが吊《つ》り下がり、周囲の壁は、鏡と壁画で覆われていた。床面は寄せ木細工になっている。

参会者はまず会場の美しさに見とれ、そのあと思い思いにテーブルに近づいた。

中央の大テーブルには、肉や魚介類の料理が並べられていた。飲み物やデザート、チーズり始める。

類は隅のテーブルに置かれている。シャンパンのはいったグラスをトレイに載せて給仕が配

「卓也、やっと見つけた」フィリップがにこにこ顔で立っていた。

「卓也、久しぶりだ」

フィリップの横から手を出したのは、かつてラリボワジエール病院で一緒だったダニエル・クージーだった。髪を刈りつめた顔は陽焼《ひや》けして、研究者というよりスポーツのインストラクターのような風貌《ふうぼう》をしている。五、六年ぶりの再会だった。

「こちらが卓也の友人の――」

「児島加代です。どうぞ加代と呼んで下さい」加代が気を利かせて挨拶《あいさつ》する。

ダニエルは近くを通りかかった給仕を呼びとめ、四人にシャンパングラスを配らせる。

「久しぶりの再会と、美しいご婦人との出会いを祝して」

ダニエルが馴れた口調で口上を述べ、グラスを突き合わせた。

「加代は日本でも有名な女優なんだ」フィリップが誇張してダニエルに伝える。

「道理で、ホールにはいって来たときから眼が吸い寄せられました。これはキモノ？」ダニエルは目を輝かせ、絣の柄を眺める。

「犬ですか、これは」初めて分かったのか、フィリップも声を上げた。

「何匹いるか、当ててみるといい」岸川が笑いながら勧める。

「卓也、そんなクイズみたいなことしたら失礼だ」フィリップが滅相もないという顔をする。

「女優でしたら、映画にも出るのでしょう。ぼくは古い日本の映画なら、若い頃、卓也やフィリップと見に行った。溝口《みぞぐち》や黒澤《くろさわ》、小津《おづ》——」

「わたしは映画には出ません。もっぱら舞台です」

「するとシェークスピア？」

「馬鹿だなダニエル、日本には日本の芝居があるはずだ」フィリップがたしなめる。

「そうすると、『マダム・バタフライ』」

「それはオペラだろう」フィリップがあきれた顔をする。

「シェークスピア劇は演じたことがあります。『ヴェニスの商人』。わたしは、端役でしたけど」加代は律儀に応じた。

会場内に拍手が起こっていた。壇上に設けられたマイクの前に、学会の会長が立ってスピーチを始める。

「二年に一回の学会ですが、第一日目の発表を聞いただけでも、研究の進歩には目を見張るものがあります。私が産婦人科医になった四十年前にはＳＦの世界の出来事としか考えられなかったことが、今では現実になってしまいました。生殖医学こそ、すべての医学の英知を結集した先端医学であり、宇宙計画にも匹敵する無限の可能性を秘めた分野です。そのパイオニア的存在である会員諸氏が、この学会で活発に討議をすると同時に友誼《ゆうぎ》を深められるよう願います」

二分にも満たない手際良い挨拶をし、改めてシャンパングラスを掲げ、乾杯した。

給仕たちが大皿に盛ったオードブルを手にして、参会者の中にはいってくる。

「何か食べていいかしら」加代が日本語で訊《き》く。

「ああ、遠慮しないでいい」岸川は答える。

加代の意図を察したのか、フィリップがエスコートして大テーブルの方に足を運んだ。

「卓也、いい再婚相手を見つけたな」二人の後ろ姿を見送りながらダニエルがフランス語で言った。

「再婚とは決まっていない。いやたぶん恋人でとどまるだろう」

「亡くなった前のカミさんへの忠義だてか」ダニエルが皮肉な口ぶりになる。

「忠義というより、こりごりしたというところかもしれない。いいと思っても、ひとつ屋根の下に住むと事情が変わってくる」

結婚したことも二年足らずでその相手が急死したことも、ダニエルにはクリスマスカードのやりとりのなかで伝えていた。しかしフィリップ同様、そのあたりの詳しい経過は知らないはずだ。

「ま、卓也にとっては診療と研究が結婚相手みたいなものかもしれんな。今日の卓也の発表を聞いていると、そう思えた。二例目の成功には自信があるのか」ダニエルが鋭い眼を向けた。

「七、八〇パーセントはな」

「そうなると、ニュースが世界中を駆け巡るぞ。ノーベル賞をとったどころの沙汰《さた》ではない。

当然、反発もくらう。カトリック教会を中心とした宗教界の反感も予想される。急進的な組織になると、刺客をよこすかもしれないぞ」

ダニエルは〈刺客《アサッサン》〉という言葉に力をこめた。

「成功しても発表はしないさ。この件に関しての報告は、今日で終わりにする。俺《おれ》にとって重要なのは、そのための技術達成で、発表でもないし、まして特許申請でもない」

岸川の返事は思いがけなかったのか、ダニエルは黙ってシャンパンを口にもっていく。

「ところで、ダニエルは今何の研究をしている」

「まだ抄録集は読んでいないのか」

「三センチの厚さがあるものを全部読む暇なぞなかった」岸川は弁解する。

ラリボワジエール病院にいた頃、ダニエルは卵巣から採取した未成熟卵子を培養する研究をしていた。培養液を工夫し、卵子の体外成熟技術を完成させた業績がものを言い、合衆国に招聘《しょうへい》されたのだ。

「このところずっと卵子の凍結保存の研究だ。成熟卵子の凍結・融解よりは、未成熟卵子のそれのほうがやさしい」

「卵巣組織凍結保存か？」

「いやまだそこまでは成功していない」ダニエルは口惜《くや》し気に首を振る。「しかしその何歩か前までは来ている」

「確かに、精子バンクと同じように、卵子バンクを使えるのが俺たちの夢だからな」

岸川は慰めるように言ったが、卵巣組織にしろ卵子にしろ、サンビーチ病院では四年前から凍結・融解を実用化していた。

戻ってきたフィリップと加代は両手に皿を持ち、それぞれ岸川とダニエルに渡した。

「料理はこのホテルの三つ星レストランで作ったものらしい。他の学会だったらこんな贅沢《ぜいたく》はできない」

フィリップがロブスターの肉をフォークで突き刺して口に入れる。加代が食べているのはスフレだろうか。

「薬品会社や医療機器のスポンサーがずらりとついているからな。排卵剤などのホルモン剤に抗癌剤《こうがんざい》、精子保護剤、経腟《けいちつ》用超音波診断装置にＭＲＩ機器、驚いたことにマッサージクリームのメーカーまで広告を出していた」

「何だそれは」フィリップがダニエルに訊く。

「妊娠線の予防剤さ。ココアバターやアボカドオイル、綿の実油を基にして作ったものらしい」

「そいつは知らなかった。女房なんか自分の妊娠線を見るたび溜息《ためいき》をつくからな。申し訳ない、美しいご婦人を前にしてつまらない話をして」

フィリップが詫びる。何の話か分からない加代に、岸川は日本語で説明する。

「そのクリーム、肥満にも効きますか」加代がダニエルに質問する。

「効くはずです。本質的には同じですから。しかしあなたにはそんなクリーム、全く不必要です。無粋な話をもち出してすみません。いや、これはおいしい」ダニエルは薄切りのローストビーフにかぶりつく。

舞台に楽団が登場していた。五人組で、右側にベース、中央寄りの二人がギター、左側の二人のうち一番端の男性はマラカス、その隣は棒のような楽器を両手に握っていた。会員たちを驚かせたのは演奏者たちの年齢で、おそらく全員が七十歳以上に違いなかった。

五人組は何の前ぶれもなく演奏し始める。左の二人の歌声は、年齢とはかけ離れた声量だ。棒のような楽器は何かと加代から訊かれたが、岸川は分からず、フィリップが教えてくれた。

「クラヴェスじゃなかったかな。ラテンのリズムにはいい味を出す」

いい味を出しているのはその原始的な打楽器もそうだったが、街宣車並みの張りをもつ声だった。スペイン語らしい歌詞の内容までは、岸川には理解できなかった。

「荷馬車に乗って今日も野菜を町に売りに行く、と言っている」スペイン語を聞き分けられるのか、ダニエルが注釈する。

「あなたたちは友人同士でしたか」

不意に横あいから声をかけられた。

「ザポール教授。卓也を知っているのですか」お互いを紹介しようとしたダニエルが驚く。

「それより、クージー教授も、ヴァリエ教授もドクター岸川と懇意だとは」

「ぼくら三人は、パリのラリボワジエール病院で一緒だったのです。ガラベ教授の教室です」フィリップが答える。

「ほう、あなたたち三人が同じガラベ教室にいたとは。若い頃の勉強はこれだから素晴らしい。巣と親鳥が良いと、優秀な雛《ひな》が育って、世界各地に飛び立って行く」

「ザポール教授は現役を退《しりぞ》いたあと、民間の研究機関にはいられた。リプロテックという会社で、合衆国では最大のチェーン診療所を持っている」ダニエルが言った。

「その話はつい四時間前にドクター岸川にした」ザポールは答え、水族館で会った経緯を二人に話す。

「不妊症の女性の卵子に、健常者の卵子の細胞質を注入して活性化し、妊娠に成功したのも、リプロテックの研究所でしたね」フィリップが訊く。

「それはもう他の複数の機関でも成功しています。うちの会社が先鞭《せんべん》はつけましたが。ちょっとした先進技術はまたたく間に追いつかれるものです。よほど先行した技術でないと、いつまでも独走はできません」ザポールは意味あり気に岸川を見やった。

しかし岸川の耳に残ったのは、ザポールが口にした〈会社《カンパニー》〉という言葉だった。研究所や病院というよりも、フランチャイズ式の診療所を傘下に入れておれば確かに会社には違いなかった。

「これは申し訳ありません。ご婦人を前にして勝手な話ばかりして――」

ザポールが加代に笑いかけ、岸川に紹介してくれというように姿勢を正した。女友達だと岸川が答えると、ダニエルが「日本の著名な女優だ」と、如才なくつけ加える。

「そうすると、さっきのヴァリエ教授の質問は分かりにくかったのではないでしょうか。不妊症の女性の卵子に、健常者の卵子の細胞質を入れるというのは、簡単に言えば、受精によって三人の遺伝子をもった子供が生まれるというわけなのです」

口調をゆっくりにしてザポールは加代に説明する。しかし加代の頭にはいった印象はなく、ついには岸川が日本語で助け舟を出した。

「レシピエントの卵子の中にドナーの細胞質がはいってしまう。ところが細胞質の中にあるミトコンドリアもDNAをもっているので、その卵子は二人の遺伝子を持つことになる。そこへ夫の精子の遺伝子も加わるので、できた子供は三人の遺伝子を併《あわ》せ持つ——」

「分かった。でもそれは悪いことではないような気がする。だって卵子と精子が一緒になるのは、より多くの遺伝子を組み合わせるように神様が考えたことでしょう。二人よりも三人の遺伝子が混ざったほうがいいのかもしれない。その要領で、レシピエントの精子のほうにもドナーの精子の細胞質を入れたら、四人の遺伝子が混ざり合って一層立派な子供ができないかしら」

加代は日本語で岸川に訊き返した。岸川のほうはその考えを幼稚だとは思いながらも、英語に直して他の三人に伝えた。感心してみせたのはザポールだった。

「なるほど、さすが女優さんは呑《の》み込みが早い。実際には精子のミトコンドリアは尾にあって、受精のときは頭だけしか卵子の中にはいりませんから、男女二つずつの遺伝子が組み合わさることはありえませんが——。しかし理論的には面白いユニークなアイデアですよ。いわばひとつの遺伝子からヒトをつくるクローン人間とは反対の技術ですからね」

ザポールは感心するようにうんうんと頷《うなず》き、ワインを口にする。真顔に戻ってフィリップのほうを向いた。「リプロテックでは最初の論文を出す二年前から、臨床に実際に応用していました」

「そうですか」フィリップが意外な顔をする。

「この分野で私的な企業が行う研究成果の発表は、大方そういうものです。今日の発表、それから明日の発表でも、ほんの一部が公表されているだけという認識はもっていたほうがいいです。ドクター岸川はこの辺の事情、よくお分かりのはずですが」

ザポールは岸川の反応を探るように視線を向けた。

「宇宙開発や軍備競争と思えば、これも理解できます」岸川は遠回しに肯定する。「例えば冷戦時代、合衆国とソ連がどういう最新の生物兵器を開発したのか、今もって公表していません。医学は知識を共有してきたおかげで、ここまでの進歩をみたのでしょうが、我々の分野はその原則がそのままあてはまらない。特にリプロテックのような私的な会社にとっては、先端技術はそのまま企業秘密になるのではないでしょうか」

「そうですな」岸川のうまい切り抜け方に、ザポールは一瞬不満な色を顔に出したが、すぐに話題を変えた。「やはりこれは、犬でしたか」

目を細めて加代の着物を見やった。

「日本の特産なのです」加代が嬉《うれ》しそうに袖《そで》を返してみせた。

「このジャパニーズ・インディゴは何ていいましたか。アイ？」

「そうです。よくご存知ですね」

加代から誉められて、ザポールは得意気に口元をゆるめた。

「糸をそのアイで染めてから織るのでしょう。ですから、こんな複雑な模様を美しく出すには、気の遠くなるような技術が必要。われわれの生殖技術など足元にも及ばない」

ザポールは、うまく話の結末をつけたというように自分で頷く。

舞台では演奏が熱気を帯びていた。クラヴェスを叩《たた》く男性が前かがみになり、ますます迫力のある声を出している。

ダニエルの知り合いだという若い医師が顔を見せ、話に加わる。

「あなたたち二人、おもちゃの列車に乗っていたでしょう？」その医師が岸川に尋ねた。

「いい光景でしたよ。それでぼくも夕方、友人と一緒に始発の駅まで行ってみました。満足しました」

ダニエルは知らないらしく、岸川が説明した。

「それは是非乗ってみなくてはいかん」ダニエルも心決めしたようだった。「ぼくが見たのは海事博物館だ。船の模型ばかり集めた所で、日本の軍艦もあった。ほら卓也、第二次世界大戦で、アメリカ軍に攻められた当時世界最強の戦艦。何と言った？」

「大和《やまと》」

「ヤマト、それだ。行ってみるといい」

モナコに戦艦大和という組み合わせは意表をつく。興味をそそられたが、わざわざ足を運ぶほどではない気がした。

近くに日本人らしい男性が三人寄って来ていた。眼で会釈をすると、中のひとりが進み出て、岸川に名刺を差し出した。連れ二人もそれに倣《なら》う。フィリップたちの手前、ぎこちない英語で日本から来たのだと言った。どの名刺にも、大学の教授職のほかにいくつかの学会の役職名がずらりと書き連ねてある。岸川はそれをまとめてポケットにしまい込む。自分の名刺は故意に取り出さなかった。

「あなたは日本の産科婦人科学会には加入されていないのですか」一番年配の日本人が英語で訊いた。

「はいっていません。その必要性を感じないものですから」岸川もそっ気なく英語で応じる。

「しかし、今日の発表を聞くと、産婦人科の病院を経営されているようで――」

「産婦人科が中心ですが、その他にも泌尿器科、小児科、小児外科、脳外科、内科を併設しています。これから先の生殖医療は産婦人科学だけではもう成り立つはずがなく、先取りをしたつもりです」

岸川の流暢《りゅうちょう》な英語に、目の前の三人は気後《きおく》れしたようだったが、小柄なひとりが気を取り直して口を開いた。

「午後のあなたの発表、倫理的には問題があるので、いちおう治療の内容を学会に報告していただいて、倫理審査委員会の判定を仰ぐ必要があります――」

回りくどい言い方にいたたまれなく、岸川は途中で口をはさんだ。

「委員会が何を判定するのですか」

「ですから、男性を妊娠させるのが倫理的に正しいかどうかを検討するのです」副会長の肩書を持つ残りのひとりが答える。

「私が法律違反をしているのならともかく、無用な介入は一切望みません。第一、私はあなたたちの学会の会員ではない」

「しかし──」

日本人三人は二の句が継げないでいた。助け舟を出したのはザポールだった。

「ドクター岸川、紹介したい人たちがいるので、こちらに来ていただけないでしょうか」

フィリップが、自分たちは構わない、行って来いと顎《あご》をしゃくった。岸川は加代を連れてザポールのあとに従う。日本人三人の存在は無視した。

舞台近くの小テーブルを学界の長老たちがとりまき、談笑していた。給仕やコンパニオンたちも気を配って、食べ物を盛った皿や飲み物をそこに運んでいる。

「日本からのドクター岸川です」

ザポールが紹介した相手は、パーティの冒頭で気の利いたスピーチをした学会の会長だった。

「そしてその友人で女優のカヨ──」ザポールは姓を思い出さずに言葉につまる。

「カヨ・コジマです」岸川が助け舟を出す。

「そうでした。日本の有名な女優のミズ・コジマ」ザポールが言い直す。

会長は岸川と加代がさし出した手を恭《うやうや》しく握り返した。

「あなたの発表、拝聴しました。今回は失敗した臨床例ですが、次は成功間違いなしだと思います。そうなれば世界のメディアがあなたを追いかけ回すでしょう。二年後の学会では、スペシャルレクチャーではなく、招待講演をお願いします」

会長は、小テーブルの周囲に立っていた高齢の会員たちを次々に紹介してくれた。岸川も加代も相手の名前と顔を頭に刻みつけるよりも、「お会いできて嬉しいです」の決まり文句を口にして、機械的に握手を交わすだけだった。

給仕から勧められ、岸川は新たなワインと料理の皿を手にする。フォアグラの中に、黒胡《くろご》麻《ま》のようにちりばめてあるのはトリュフだ。

楽団員の演奏がすぐ近くで聞こえていた。団員たちの褐色の肌に、もう汗がにじみ出ている。岸川たちの会話も顔を近づけての大声になった。

「バンドリーダーのギター奏者、ほら真中にいる白髪の男性、八十八歳らしいです。そして左から二番目、歌いながら棒を叩いている男性が最年長で九十一歳といいます。五人の平均が七十七歳、私たちよりも高齢だと聞いてびっくりしました」会長が岸川に耳打ちした。

クラヴェスを叩くヴォーカルの叫ぶような歌声に、同じフレーズを繰り返すコーラスが加わる。そのうちヴォーカルが長く語尾を伸ばし始め、三十秒たっても一分が経過してもその声は続いたままになった。九十一歳にしては空恐ろしいほどの肺活量だ。歌い終わるや、周囲の観客から拍手が起こった。

　岸川の向かい側にいた男性が、スタンドマイクの前に立っていた。マイクを叩いてオンになっているかどうかを確かめる。

「会員の皆様には、楽しい会話に快い音楽、おいしい食事とワインを満喫されていると思います。事務局より、皆様にご報告がございます」

　フランス語訛《なま》りの英語だったが、会場は静かになった。

「実は今日誕生日を迎えられた本学会会員がひとりおられます。それを皆さんで祝したいと思うのです。その会員は――」事務局長が岸川のほうにちらりと視線をやったとき、まさかと思った。「日本からおいでになり、本日素晴らしい臨床報告をされた、ドクター岸川です」

　拍手が沸きおこり、楽団がハッピーバースデイの旋律をかなで始める。ザポールや会長からも促されて、岸川はマイクの前に出ないわけにはいかなくなる。歩を運びながら肚《はら》を決めた。

　マイクの前に立って参会者を見回す。

「これまで四十回以上、正確に何回かはもう忘れてしまいましたが――」小さな笑いが起こり、岸川はいくらか余裕を取り戻した。「これほどたくさんの人々に、それも楽団つきで誕生日を祝ってもらうのは初めてです。そこでゴールドスタイン会長にお願いがあります。二年後の学会も、そのまた二年後の学会も、学会の会期はずっと今後とも八月二日を中心に考慮していただきたい。そうなれば、私もここに並んでいる世界最年長の楽団同様、八十歳、九十歳になっても元気で働けるような気がします。ありがとうございました」

岸川は日本式に頭を下げ、満場の拍手のなかを元の位置に戻った。

「なるほどいい考えですな。自分の誕生日に学会をもってくるというのは」会長も握手を求めてきた。「しかし二年後の日程も決まっていて、マドリードで八月十日です」

笑いのなかで、演奏が再開される。舞台脇《わき》に中年のカップルが出て踊り始めた。学会員とそのつれあいらしかった。そのうち二組目、三組目と組み合わせができ、軽快な音楽に合わせて身体《からだ》を動かす。

「お連れのご婦人をお借りしてもよろしいでしょうか」

ゴールドスタイン会長から尋ねられ、岸川は加代を促した。

会長と加代のカップルが前に出ると、周辺から新たな拍手が起こった。正装で高齢の会長と和服姿の黒髪の女性との組み合わせは、最高の見物《みもの》になった。視線の集まるなか加代は微笑を浮かべ、会長の動きに合わせて小さく足を運ぶ。

「ドクター岸川」ザポールがすぐ横に来ていた。「あなたの病院と私どものリプロテック・グループが共同研究をすることができればと思うのですが」

「共同研究？」音楽に声が消されないように岸川は大声を出す。

「つまり、私どものグループの日本における拠点として、あなたの病院を選ぶことができれば――」ザポールが岸川の耳元に口を近づけた。

「リプロテック・アメリカの日本支社という意味でしょうか」岸川は訊き返す。

「いえ支社ではなく、あくまでも提携という形です。双方の技術交流によって、より高度な医療が可能になります」

「考えさせて下さい」

鯨が小魚を呑み込む光景を想像して岸川は答える。危険だと知りながらも、申し出は自尊心の一部をくすぐった。

「私の病院はちっぽけなものです。リプロテックが日本に根を張るつもりでしたら、大学病院やもう少し大きな公的機関を選択したほうが得策です」

岸川は早口で言い足しながら、加代のほうに眼をやる。バンドを背景にして、地味なはずの藍色の和服姿が華やいで見える。演奏する五人組も加代の登場に気を良くしたのか、クラヴェスを打つ仕草やマラカスを振る動作が大きくなっていた。

「ドクター岸川、私どもが重視するのは、見かけではなく、中味です。公正な目で見て、日本の大学病院の水準は、米国の州立病院以下でしょう。しかもがんじがらめの規則があって、提携するにも手が出ません。公立病院になるとなおさらで、志気も技術も四流です。私どもはあくまでも一流の病院と手を組みたい――」ザポールが耳元でささやいた。

曲が終わって加代たちが戻って来る。会長の頬《ほお》が赤く上気していた。

「本当に光栄で、これで十歳は若返りました」会長は息を整えながら言った。「着物姿の美しい女性と踊るなんて、わが人生で初めてでした」

会長は加代にも礼を言い、給仕からジュースをとって彼女に渡した。

演奏は続き、また新たなカップルが三、四組、前の方に出て踊っている。

「次は、私のお相手をしていただけませんか」ジュースを飲み干した加代に、ザポールが申し出ていた。「ドクター岸川、よろしいでしょう？」

「どうぞ、どうぞ」岸川は苦笑しながら勧める。

二人は曲の途中から前に進み出て、手を組み合わせる。

「ザポール教授はダンスの名手です。医学生時代に、全米の学生選手権に出たと聞いています」

会長が言うとおり、全く素人離れしたステップの踏み方だ。加代もそれに乗って優雅に足を運ぶ。周囲からまた拍手が起こり、曲が終わると、踊っていた他のカップルも二人に向かって手を叩く。次の曲は二人だけで踊ってくれというような促しの拍手だった。それを感じとって、バンドのリーダーが他の四人に指示を出し、テンポの速い曲を演奏し始める。ザポールが軽快に歩を踏み、加代との距離を遠ざけたり縮めたりする。何のリズムかは分からない。もちろん歌詞も岸川には理解できない。

「『紅《あか》い花』という曲らしいです。さっきバンドリーダーが言いました。そういえば、町中の紅い花をあなたに捧《ささ》げよう、という文句がリフレインされています。若者の恋の歌でしょうな」ゴールドスタイン会長が白ワインを口にしながら上機嫌で言う。「ザポール教授の踊りは、わたしも何十年ぶりかで見ましたよ。記念すべき踊りです」

曲が終わると、楽団員たちも二人に手を叩いて労をねぎらう。

「あのテンポでこの年寄りを踊らせるなど、百メートルを駆けさせるようなものだ」

ザポールはさすがに息を切らし、額に汗をかいている。加代の頬が淡いバラ色になっていた。

「会長の踊りを見て、私もついつい踊りたくなったのです。これ以上はないパートナーに恵まれたので」

ザポールは給仕を呼び、シャンパンを新たに持って来させる。乾杯をし直した。

なつかしい曲が耳にはいって来て、岸川は加代と顔を見合わせる。

「『さくら』よ」

確かにその曲だ。譜面なしで五人組は演奏していた。

他の会員が会長とザポールに話しかけて来たのを機に、岸川と加代はバルコニーに出た。

「やっと日本語が話せる」

深呼吸をするように加代は言い、シャンパングラスを口にもっていく。

「なかなかのものだった。モナコの皇太子がゲストで招かれていれば、踊りに誘われるところだ」

「皇太子でなくても、偉い人と踊れて拍手までもらったのだからもう言うことないわ」

「カジノに行ってみるか」

会場に眼をやると、会員たちは少しずつ減り始めていた。日本人の姿も見えない。出口付近で同僚と話をしていたフィリップが岸川たちに気がつき、小さく手をあげた。

外は満天の星だった。広場に面したカフェテラスは、室内よりも外のほうが賑《にぎ》わっている。ひとつひとつのテーブルにろうそくが置かれ、その周囲だけが明るく浮かび上がっていた。

「少し休んでいきたい」加代が岸川を誘った。「昼間とは全然違う感じね。広場全体が大きな館《やかた》の中庭みたい」

テーブルに坐《すわ》ると、なるほどそうだった。正面に暗い海が開け、三方の建物は金と銀のイルミネーションで照らし出されている。泉の水盤からは金色の水が絶え間なく落ちていた。

二人ともコーヒーを注文した。

「日本にこういう場所があっても、どっちを向いてもネオンだらけよね。ここにはそんなものがない」

加代の言うとおり、けばけばしい文字はどこにも見えない。これだけ人が集まっているのに、音もほとんど耳にはいってこなかった。車がホテルに時々横づけになるが、無声映画を見ているように、音もなくやって来ては立ち去る。

「あの踊りのうまい先生、日本には相当興味がありそうよ。ドクター岸川の病院はどんな病院かとも訊かれた」

「どう答えたんだ」

「女の味方の病院だと答えてやった」加代はふくみ笑いをする。「だって不妊症の女性を助けるばかりでなく、女性を美しくする化粧品も作っているでしょう」

「そんなことまでしゃべったのか」

「あなたが美しいのはそのためなんだと、言われちゃった。外人って、年取ってからもお世辞がうまいのね」

「化粧品の名前も言ったのか」

「ええ、プラセンタだと」

「彼の反応は？」

「そうかという顔をしていた。いけなかったかしら」

「構わない。彼が顧問をしている合衆国の病院チェーンとの提携を申し込まれたばかりだ。考えさせてくれと返事しておいたが、情報が欲しいんだろう。技術がそのまま金になる世界だからな。プラセンタだって、企業化すれば年商何億ドルかにはなる。こっちはそんな気は全くない。ひっそり、規模はほどほどに、自分の気に入った医療をしたいだけだ。先方とはポリシーが違う」

「先生らしいわ。わたしもずっと今のままでいて欲しい」

「こっちは変わりようがない。あの北極星と同じだ」

ひしゃくの形をした北斗七星が山塊すれすれに横たわり、その上方にぽつんと北極星があった。

「あれがそうなの？」

「そのずっと右の方に橙《だいだい》色《いろ》に光っているのがアルクトゥルス。たぶん、頭の上には北十字星があるはずだ」岸川はぐっと上体をそらす。「あったあった。ちょうど真上に少しばかり目立つ星が五つあるだろう。十字を描いているのが北十字星」

「南十字星は聞いたことあるけど、北十字星なんて知らなかった。ほんとうに十字架みたい」

「十字の柄の長いほうが白鳥の首で、尾のほうに大きく光っているのがデネブ。そう考えると、翼になる部分にも小さな星が連なって見えるだろう」

「ほんと。首を伸ばして、翼を広げた形になる」

「白鳥座だからね。その白鳥の頭の上に大きく光っているのがベガ、下のほうにある一等星がアルタイル」

「本当に大きな星。こんなものがあるなんて知らなかった」加代は首がだるくなるのも忘れて首をそらす。

「ベガは中国では織女星、アルタイルは牽牛星《けんぎゅうせい》とも呼ばれる」

「あの二つが七夕のお星さまなの」加代が素頓狂《すっとんきょう》な声を上げる。「本当。間に天の川が流れている。この歳《とし》になるまで知らなかった。織姫《おりひめ》と彦星《ひこぼし》をモナコで先生に教えてもらうなんて。もう最高。じゃあ、獅子座《ししざ》は？」加代は夜空を見回した。

「モナコだと、獅子座は夏にはほとんど見えない」

「残念。去年の十一月、獅子座流星群が見えた夜があったでしょう。花火みたいにきれいだったって友人が言ったので、翌日、目覚まし時計をかけて、見たの」

「翌日はだめだったのじゃないか」

「夜中の三時頃、ベランダで三十分頑張ったけど、流れ星はひとつもなかった。先生はあの流星群、見た？」

「見た。病院の部屋からね。何百年に一度の規模というから、次の機会にはもうこの世にいない」

「そりゃそうよ。で、どうだった？」

「ちょっと形容のしようがない。暗いカンバスに、前衛画家が気まぐれに金色の線を描きなぐったようなもの。一時間に三百個までは数えた。それが三時間続いたから、天空の画家も相当くたびれたはずだ」

あの夜、岸川は津村春奈と一緒だった。部屋を暗くしたままで、カーテンを開け放っていた。流星群の光は部屋の中までさし込み、春奈の白い胸と脚を照らし出した。

春奈は岸川の不実を問いつめ、加代との関係を絶ってくれと哀願していた。その気はないと、岸川は冷たくはねつけ、ベッドの外に出た。追って来た春奈はなおも岸川を責め、ついには、サンビーチ病院で行われている医療を、知り合いの雑誌記者にありのままに話すとまで言いつのったのだ。違法行為は何もしておらず、雑誌に書かれても痛くも痒《かゆ》くもなかったが、春奈の口から脅迫じみた科白《せりふ》が漏れたのはそのときが初めてだった。岸川は流れ星の輝きとは逆に気持が冷えていくのを覚えた。

「カジノに行ってみるか」

岸川は代金を勘定書の上に置いて立ち上がる。

カジノは広場に面していた。入口でパスポートを見せ、入場料を二十ユーロ払って中にはいった。館内の広さと豪華さはホテル以上だった。ルーレット台が四、五台置かれ、それぞれに六、七人の客が坐り、後方に立見客がついている。かなりの人間がたむろしているのに、館内を支配しているのは静寂だ。加代に話しかける会話でさえ、遠くにいる人間に聞きとられそうな気がして、いきおい声も小さくなる。

わずかに音がしているのは別室にあるスロットマシーンで、何百台という機器が並び、ぽつんぽつんと客が陣取っていた。

「初めはお互い二百ユーロずつでやってみましょうよ」賭《か》け事は嫌いだと言っていた加代が声を弾ませている。

「数字の上や線の上に適当に置けばいい。あまり考えるとろくなことはない」

岸川は四百ユーロを三ユーロの丸いジュトンに換える。半分を加代に渡した。

「これ一枚が、三百五十円くらいね。何だか緊張するわ」ジュトンを両手に抱えながら加代が言う。

「儲《もう》けようと思うからいけない。あくまでもプレイだ」岸川にしても、あわよくばと考えていないわけではなかったが、思惑とは裏腹の言葉が口をついて出た。

カラカラと玉がルーレット上を転がる音と、クルピエの「賭けなさい《パリエ》」という単調な言葉だけが響く。客はほとんどが中年以上で、女性客はまばらで、加代の和装は、ここでも人目をひいた。

客が三人しかついていない台を選んで、加代と並んで坐った。

「何だか、ドキドキする」

「毎回賭ける必要はない。気が向いたとき、ジュトンを一枚でも二枚でも三枚でも、これはと思う場所に置くといい」

「少し他の人のを見てからにするわ」

加代はジュトンを大事そうに抱え込み、台の上の数字と客の顔を眺める。

向かい側にいる二人は六十がらみの太った老紳士と若い女性だ。女性は肩まで露出した赤いドレスを着て、厚化粧をしている。真赤なマニキュアをした手を伸ばし、自分たちの前にあるジュトンの山から三、四個とって並べる。老紳士は決まって二個を手にとり、慎重に枠の中に置く。斜め前に、ひとりで陣取っているのは老婦人だった。紫色の帽子と薄絹のピンクのショールがどこか時代がかっている。一回に賭けるのは一個のジュトンと決めているようで、二十数個のジュトンを大事そうに手元に引き寄せていた。岸川の右側にも中年の紳士がひとりいて、残りのジュトン五、六枚をどう使おうか思案していた。

岸川は手初めに三個をバラバラに置いてみる。加代は自分のすぐ前にある22にジュトンを一個置いた。

「先生のように線の交わりの上に置いてもいいの?」加代が耳元で訊く。

「大丈夫。周囲の四つの数字のうちのどれかがはいれば、八倍になって返ってくる」

「わあ、それがいい」

「一番確実なのは、すぐそこの〈偶数〉という所に置けば、二回に一回は当たる理屈だ」

「それじゃ面白くない」

シリンダーの中の玉が音をたてて転がり、クルピエが14だと告げる。当たったのは跨《また》がって賭けていた岸川と、真中の列に二個を置いていた老紳士だけだった。老紳士の手元に四個、岸川には八個が戻ってくる。

「先生、ついているわね。なるほど、ひとつは数字、もうひとつはどこか遊びで確実なところに賭けるといいのね」

加代は身を乗り出し、台の上をじっと見渡す。いつの間にか、背後の見物人が増え、そのうちの二人が空いていた椅子に坐った。

「数字に赤と黒があるのはどうしてなの？」

「一の位と十の位の数を足して偶数なら黒、奇数なら赤になる。だから、さっきの14は赤。しかし10と19と29は例外で反対になっている。赤と黒は十八個ずつジュトンを置けば、どちらかが当たる」

「そんなの馬鹿馬鹿しい」加代は一笑に付し、ジュトンを微妙な線の上に一個ずつ置く。

「ここでもいいのね」

「いい。それはトランスヴェルサルで13、14、15のうちどれかが来れば十一倍になる。こっちのほうはシクサンで19から24のうちのどれかに入れば五倍になる」

「でもそうすると何だか計算がへんね。三つのうちどれか来て十一倍なのに、六つのうちひとつ来て五倍なんて」

「仕方がないさ。当たる頻度が高いと賭け率も次第に低くなってくる。だから本当は数字ひとつを狙《ねら》ったほうが得をする」

次の目は黒の6で、誰も当たらず、クルピエは静かにジュトンをかき集めた。

「分かった。電光掲示板の数字は何かと思ったら、これまでに出た目が表示してあるのね。10が三回も出ているわ。この台は10がよく出るということなのね」

「あるいは、それだけ10が出たからもうしばらくは10が出ないのかもしれない」

「どっちかしら」加代が本気で首を捻《ひね》る。

「どっちか決めるのが賭けだよ」

なかなか当たらず、隣にいた中年の紳士は手元のジュトンを全部とられて立ち上がる。口惜しそうな表情どころか、むしろさばさばした顔をしている。代わりに老夫婦が仲良く腰かける。加代と同じように夫人のほうが夫に何かと訊いていたが、どうやらイタリア語のようだった。

「線の上はやめて、数字にする」

ジュトンの残りが五個になった加代が言う。岸川のほうはまだ十数個手元にあった。

三つの台にかけもちで張っている男に、さっきから岸川は気がついていた。椅子には坐らず、十五ユーロのジュトンを手にして適当に数字の上に置いては立ち去り、また隣の台で張って戻って来るやり方を繰り返している。手元にジュトンが切れないところをみると、どの台かで勝っているのだろう。

先にジュトンがなくなったのは加代のほうで、岸川は二枚ずつ彼女に渡し、自分も三枚ずつ張った。一度だけ20が当たり、三十倍になって戻ってきたが、それもすぐに手持ち薄になった。

向かい側に坐っていた若い女性と老紳士のカップルも立ち去り、初めからの客では黙々と賭け続けている老婦人が残っているだけだった。

台をかけ持ちにしている例の客は、今回も三ヵ所にジュトンを置いて向こうの台に行く。岸川も加代も最後のつもりで、ジュトンを置く。加代は相変わらず線の上、岸川は数字の狙い打ちだ。

最後だと思ってルーレットの音を聞く。クルピエが17という数字を口にする。当てたのはかけもちの男性で、十五ユーロが一挙に五百二十五ユーロになっていた。

岸川と加代が立ち上がろうとしたときクルピエから呼び止められて、そのまま五百二十五ユーロ分のジュトンが手元に突き出された。

「これは私たちの分ではありません」岸川が間違いを指摘する。

「いえ、さきほどの方からの贈り物です。当たれば提供するように頼まれていました。どうぞそれでお続け下さい」クルピエが丁重に答える。

件《くだん》の紳士は隣の台に坐っていたが、岸川が感謝の意を仕草で示すと、片目をつぶってみせた。

「すみません」加代も喜んで日本語で礼を言う。「何だか不思議だけど、プレゼントだったら思い切り使っていいのね」加代はとたんに上機嫌になる。

「どうやらきみに一目惚《ひとめぼ》れしての贈り物のようだ。気兼ねなく使わせてもらえよ」

「こうなったら、女の直感で選んでいくわ」

加代は一挙に大胆になっていた。ジュトンを三枚、あるいは四枚と、数字の上に並べる。今度はもう線の上におくシュヴァルはやめていた。岸川のほうは、加代が置いたあと、一枚を自分なりの直感で補った。

三回ほどはずれが続いたあと、二回続けての当たりが来て、ジュトンの数が倍近くに増えた。台に坐っている七、八人のうちでは一番の札持ちだ。

「何だか今度はこのあたりに来そうな気がする」

これまで来た数字の電光板を見やって、加代は慣れた手つきでジュトンを置く。今度は岸川のほうが用心深く、シュヴァルやトランスヴェルサル、カレ、シクサンに賭けてみる。

明らかにツキが回って来ていた。岸川のシュヴァルに一回来たあと、加代が再び当てて、持ち札は小山のようになった。

「さっきの元手を返してもいいくらいね」

加代が言い、周囲の台を見やったが、薄茶のスーツを着た男性の姿はもうなかった。

十二時を過ぎると、ホール内の客の数は減るどころか女性連れの客が目立つようになる。背後にも見物客が増えていた。加代の手元にうずたかく積み上げられたジュトンが注意をひくのに違いなかった。

一回に四、五枚のジュトンしか張らない加代のやり方は変わらず、岸川もその横で一枚か二枚つけ加えるだけだ。

「先生、勝っても負けても一時で切り上げましょう」加代が言う。

「朝方までいても構わない」

「だめ、頭が鈍って勘が働かなくなる。せっかくこれだけたまったのだから」加代はますます堅実になり、浮かれた様子も見せない。

「私も、これから、あなたのお友達の勘に便乗させてもらいます」岸川の横に坐っていた男性が英語で言った。「私の勘より何倍もいいようですから」

男の手持ちのジュトンはもう十数枚に減っていた。一時《いっとき》はジュトンの円柱が二本くらいできていたのだ。彼は加代が張った数字をねらって自分のジュトンをそっと並べる。加代が驚いて男を見る。

「許して下さい。あなたと一緒にダンスをしているつもりですから。最後までつき合わせてもらいます」

男は学会員なのだろう、そんなふうに弁明した。

「何だか責任重大」

加代は言いながらも、迷った様子もなく数字を選ぶ。14の数字が当たったのは、男に手持ちのジュトンがなく、最後に賭けたときだった。

「やっぱり来ました。ありがとうございました」男が礼を言う。

「何とか責任を果たせたようですな」

岸川は祝福し、それを機に席を立った。

両替所で換金すると三千ユーロをいくらか超えていた。日本円にしても三十五万ほどになる。

「一時は一文なしになっていたのが、あっという間に億万長者だ」

「明日も来てみようかしら」加代も興奮しきっていた。

「明日は観光をやめにしてカジノ一本に絞ったらどうだい。ツキがまだ続いているかもしれない。どうせ全部すったとしても、貰《もら》いもののジュトンで儲けた金だからな」

「先生は学会でしょう？」

「ああ、まだ聞きたい発表がいくつかある」

「その間だけわたしはカジノで楽しんでいいかしら。女ひとりでいても安全な場所のようだし」

「女のひとり歩きは、カジノの外のほうがよほど物騒だ」

「そうね」

岸川はルーレット台にひとりで坐っている加代の姿を想像し、それもさまになっていると思った。

11

フィリップの発表を聞くつもりで、岸川は十時を過ぎてAホールに着席した。九時半から始まっていたセッションは、胎児の臓器移植に関する演題が四つ集められていた。前二題は死産になった胎児から卵巣を剔出《てきしゅつ》して、更年期の女性に移植する臨床研究だった。抄録で読む限り、ある程度の効果しかなく、合成ホルモンの投与ほども効力はみられていなかった。岸川に言わせれば、胎児の臓器はそのまま使うには小さ過ぎ、必ず培養による育成をしなければ臨床応用などできるはずがなかった。スペインとイスラエルの研究だったが、せいぜいそのくらいの技術が関の山に違いない。あとの二題は、胎児の脳をパーキンソン病の患者の脳に移植した臨床実験だった。ドイツのミュンヘン大学の報告は二十三例にその術式を試み、十六例に有効の結果が出ていた。

そのあと演壇に立ったのが米国ユタ大の脳外科医で、移植した十三例の長期予後を調べていた。初期に効果があると判定された十例のすべてにおいて、早い例では一年後からその効果が減弱し、二年後には移植手術をしないで薬物だけを投与した群とほとんど改善率は同じだという結果になっていた。手術が無効に終わった例も考慮に入れると、パーキンソン病における胎児の脳移植は意味がないという結論に、会場からは小さなどよめきがもれた。

座長は、直前に発表を終えたミュンヘン大の報告者に発言を指示し、成功した長期予後はどうかと尋ねた。全例がまだ術後一年余しか経過しておらず、長期予後の研究はこれからの課題だと、その発表者は衝撃を隠しきれずに答えた。

座長が次の質問を促したとき、岸川は高々と手を上げていた。他にも挙手はあったが、座長は迷わずに岸川を指名した。岸川は通路に出てスタンドマイクの前に立つ。

「日本から来た岸川です。これまで長期経過のまとまった研究がなかったので、大変参考になりました」岸川はまず社交辞令を口にした。「初期の効果が次第に薄れていく原因について、どのようなものが考えられるか、教えていただければ幸いです」

そうした質問は予想していたのか、岸川よりは少し若いと思われる脳外科医は軽く頷《うなず》いた。

「原因についてはまだ確定的な知見は得ていません。しかしさまざまな要因は想定できます。第一に、胎児脳の質の問題です。死後脳を使用しているので、新鮮さに欠けます。第二に量の問題です。胎児脳は成人脳に比べて極端に小さく、もう少し移植片を多量にするべきなのかもしれません。さらに第三の問題として、移植の部位が果たして黒質でいいのか、もっと他の部位を選択したほうが胎児の脳細胞の増殖には都合がよいのだとも考えられます。いずれにしても、この原因をつきとめるのが私共の将来の課題です」

「免疫反応上の拒絶反応は考えられませんか。他の臓器と比べて、脳には免疫反応が出にくいと考えられていますが、拒絶反応がゼロではありません。初期の効果が減弱するという点も、どこかに緩慢な拒絶反応が作用しているように思えるのですが――」岸川は相手に考える余裕を与えるために、ゆっくり問いかける。

「確かにご指摘の免疫の問題も関与しているのかもしれません」

相手の回答はしかし歯切れが良くなかった。

「私の病院ではその点を考慮して、患者の遺伝子を半分もつ胎児の脳を移植に使って、良い成果を上げています。まだ例数は三例ですが、効果の減弱は全くなく、却《かえ》って効果が増強している印象があります」

「患者の遺伝子を持つ胎児だとおっしゃいましたが、それは胎児の父親が患者ということですね」

「そうです。患者の子供がドナーです」

平然とした岸川の返事に、相手は一瞬言葉を失った。

「そうした症例は、私共ではちょっと想定できないので、何とも言えません」

報告者はそれだけつけ加えるのがやっとで、座長が中にはいり込んだ。

「とすると、そのドナーは移植のために受精がなされたのでしょうか」

会場の誰もが同じ疑問を抱いていたのだろう。岸川は無数の視線が向けられるのを感じた。

「そのとおりです。倫理的な問題がからんでくるのは承知しておりますが、わが国では決して違法ではないので、実施しています。ご教示どうもありがとうございました」岸川は言い、座席に戻った。

　時間切れで座長が交代し、次のセッションに移った。次演者席に坐《すわ》っていたフィリップが演台の前に立って発表し始める。卵子そのものと卵巣組織の凍結保存、融解後の有効率を比較した研究だった。保存後に融解した時点では、卵巣組織のほうが生存細胞がみられ、その保存期間は三年にも及ぶものもある。一方、卵子では保存期間が二週間を超えると、全部が機能を消失してしまう。従って凍結保存には卵巣組織のほうが適してはいる。しかしそこから未熟卵子を成熟させる技術はまだ模索中だと、フィリップは結論した。

　発表が終わると、さっそく質問の手が上がる。成熟卵子と卵巣組織を一緒に凍結すれば、卵子の死滅率が下がるのではないかという問いだった。フィリップは待ってましたとばかり回答する。データは示さなかったが、確かにその傾向がある、もしかしたら卵巣組織に卵子を保護する因子が存在するのかもしれないとまでつけ加えた。凍結保護剤と媒液に関する二番目の質問にも無難に答えて、フィリップは壇上から降りた。そのまま通路を移動して出口に向かう。岸川も席を立って、あとを追った。

「卓也、もう出ていいのか」

「きみのを聞いたから、あとは用がない」

　会場の外のラウンジに立ち寄る。無料の飲み物がセルフサービスになっていた。

「しかし卓也の質問には、みんな度胆《どぎも》を抜かれたぞ。あれは本当か」岸川の分までコーヒーを入れてくれながらフィリップが訊《き》いた。

「本当だ。もっとずけずけ言ってやろうと思ったが、会場には日本人もいるようだったので遠慮した」

「法的には全く問題ないのか。中絶した胎児は何ヵ月なのだ？」

「六ヵ月から九ヵ月」

「それだともう立派な赤ん坊だな」

「ああ。しかし分娩《ぶんべん》の直前で呼吸は止まっている。日本では、子宮から出て来ない限り胎児はヒトとは見なされない。中絶はもう日常茶飯事だ。おそらく、出生数と同じかその倍近くの胎児が闇《やみ》に葬られているのじゃないか。年間百万から二百万」

「十年前、卓也からそれを聞いた時は、足が震えた。なるほど、西洋流の考え方とはえらい違いだ」フィリップが口ごもる。「三年くらい前に米国で事件があったろう。十九歳の未婚の黒人女性が、父親の猟銃で、自分の腹めがけて発砲した。自殺しようと思ったのか、腹の中の胎児を殺そうとしたのかは、本人もはっきりしていない。ともかく彼女はすぐ病院に運ばれて帝王切開を受けた。胎児は妊娠六ヵ月で、無事生きていたが、三日後に腎不全《じんふぜん》で死んだ。猟銃の弾が子宮を貫通していて、羊水が血性になっていたのが原因だ。母親である少女のほうは殺人罪で起訴された。判決は十五年の禁固刑だ」

「猟銃の弾がその胎児を撃ち抜いていたらどうなっていただろうな？」

　岸川は確かめるようにフィリップに訊く。

「罪はよけいに重くなっていたはずだよ。その場合は明確に殺意があったと認められるからな」

フィリップはゆっくりとコーヒーを口にもっていく。何か考える目つきだ。

「フランスでも、同じような判決が出ると思うね。日本ならどうだい」

「無罪だろう。たぶん起訴さえもされない」言下に岸川は答える。「胎内で赤ん坊が死んでいれば、単なる死産だ。帝王切開になって、その赤ん坊が体外に取り出された時点で、それはヒトになる。腎不全で三日後に死ぬのだから、それはヒトの死として扱われる。しかし腎不全の原因は、胎内にあるときの発砲だ。従ってヒトでない時点での事件だから、犯罪の要件を構成しない。つまり、この世の摂理や慣習、法律は、日本では胎内までは及んでいないということだ」

「治外法権なんだな。子宮は」フィリップが納得する。

「治外法権というより無法地帯だ。だから壮大な実験も、やろうと思えばできる」

「そうすると、外国人も卓也の病院に行けば、パーキンソン病の脳手術ができるんだな」

「そんな例はまだないがね」

岸川は答えかけて、会場からザポールが出て来たのを目にする。ザポールのほうでもこちらに気がついて近寄って来た。

「ドクター岸川、昨夜は大当たりだったようですね」ザポールが握手を求めながら口元をゆるめた。

「よくご存知ですね。あなたもおられたのですか」

「いいえ、会長から聞いたのです」

「会長？」

「リプロテックの筆頭株主です」

「茶色のスーツを着た男性ですか」岸川は驚いて尋ねる。

「はい、ネクタイはリンゴの模様がはいっています」

「ネクタイまでは気がつきませんでした。しかし、あの人の助けがあって、それ以後猛烈にツキが回って来ました」

「何のことだい」フィリップが訊いた。

「カジノでルーレットをやっていて、すっからかんになったのを、その紳士が当たりジュトンを一切合財寄付してくれたんだ。加代がそのあと何回かたて続けに当てて、最後は三千ユーロになった。礼を言おうと思ったが、その紳士の姿はもうなかった」

「おふたりの幸運を見届けて、奥の方の貴賓室に行ったのだと思います。シェフナー会長は賭《か》け事には目がないのです。会社経営も一種の賭けだと考えているはずです」ザポールが苦笑する。

「せっかくの学会だというのに、発表は聞かなくていいのですか」岸川が尋ねる。

「社員ひとりずつ各会場に張りつかせておいてノートをとらせ、翌朝の会議で報告させています。もちろんあなたの発表も会長の耳にはいっていますし、今日の先程の質疑応答も、担当の者が明日、会長に伝えるはずです」

「じゃ、今もカジノにいるのですか」

「そのはずです。リンゴ柄の違うネクタイを締め、スーツは相変わらず茶色のを着て」

「どうして茶色なのですか」今度はフィリップが訊く。

「何でも、秋の色、人生の黄昏《たそがれ》、あるいは不毛の地を意味するらしいのです。つまり不妊ということでしょう。そしてネクタイのリンゴ模様は、アダムとイヴの象徴です。リプロテックのロゴマークにもリンゴを使っています」

「なるほど、あのリンゴはそういう意味でしたか」フィリップが感心する。

「今日は、カヨ、いやミズ・コジマはひとりで市内観光ですか」ザポールが岸川に訊いた。

「昨夜で味をしめて、今頃はカジノではないでしょうか。この分だと、日本に連れて帰るのにひと苦労するのではないかと心配です」岸川の返答に二人とも笑った。

「ぼくは会場に戻ります。教室の者が発表し、ぼくが共同研究者になっているものですから」

フィリップが壁に掛かる時計を見て、中座した。岸川とザポールだけが残される。

「あなたは衛兵の交代は見ましたか」ザポールが訊いた。

「何ですか、それは」

「宮殿の前の広場で、衛兵が交代するのです。一組がわずか十五人ほどで、武器は旧式の小銃だけ。文字どおりのおもちゃの兵隊ですが、昨日見ていて感激しましたよ。軍隊なんか、この程度でいいのだと思いました。だって、モナコが公国になって七百年の間、一度も他国を侵略せず、されたこともないのですからね。もしもの場合、フランスの軍隊が助けに来るという条約はあるようですが、それのみが抑止力になっているとは思えません。敵をつくらないという国の施策が、最大の軍備なのでしょう。十一時五十五分の衛兵の交代を眺めていると、心が澄んできます。世界中がこんな風になれないものかと――」

「他国に向かってすべて手の内を見せていながら、自国の内側では厳しく自らを律している。それが、この国の土台になっているのではないでしょうか」

「と言うと？」ザポールが岸川に先を促す。

「カジノがいい例です。モナコの国民は入場禁止でしょう。あれだけの楽しみを味わえるのは外国人だけなんです。自分たちは裏方に徹して、お客様に遊んでもらう。満足してもらう。そのもてなし精神が敵を作らず、利益を生み、最大の国防になっているのではありませんか」

「なるほど。さすがにあなたらしい分析です」ザポールは我が意を得たように頷く。

「カジノですった金はどぶに捨てるのとは違って、どこかで生かされますからね。モナコの国民の生活向上や、施設への投資、さまざまな催し物の資金になります。戦争とは大違いです。カジノで人は死にませんが、戦争では人の命が奪われたうえに、施設が破壊されます。金をどぶに捨てるどころか、修復に金を出資しなければなりません。人間の英知ですよ。国家的戦略としての英知――」

「カジノ好きの会長にも言っておきます。岸川理論には喜ぶはずです」ザポールがにんまりとする。「ところでドクター岸川、昨日の話は考えていただけましたか」

ザポールの眼が岸川を見つめたまま動かない。

「これは私だけの一存では何とも答えようがないのです。病院幹部の意見も訊く必要がありますし、いちおう名目上でも、病院の理事会にはからねばなりません」

「分かりました。ではこの件につきましては、帰国後にご返事をいただくとして、先刻、ドクターが質問で少しふれられたパーキンソン病の胎児脳移植ですが——」

「会場におられたのですか」

「後ろで聞いていました。なるほど、ドクターの方法だとうまくいくかもしれないと思ったのです。適当な患者がいれば、ドクターの病院に送って入院させ、移植手術を依頼してもよろしいでしょうか」

「患者本人とそのパートナー共にでしょうか」いささか唐突な申し出に岸川はうろたえる。

「そうです。妊娠は合衆国でもできますので、患者と、妊娠したパートナーを日本に送るということになります。もちろんすべての費用は本人持ちです。金銭的に全く心配のない患者を選ぶので、その点の心配はいりません」

「合衆国であのような手術をするのは無理ですね」

「不可能です」ザポールは激しく首を振る。「合衆国というのは、新しい命を生み出す新技術については寛容なのですが、胎児を消すという点では厳しいのです。不可避的な原因で流産せざるを得なくなった胎児を材料にするのならともかく、初めから移植目的で胎児をつくり、さらにそれを犠牲にするとなると、殺人罪に問われかねません」ザポールは厳しい表情になり、声を低めた。

「国外に出てしまえば、問われませんか」岸川は意地悪く問い返した。

「少なくとも口外しないでおれば、何ということもないはずです。あなたの病院の症例はどこかで発表しているのですか」

「その種の発表には全く関心がありません。何かの賞金を貰《もら》うわけでもないし」

「そうでしょう。当然です」ザポールが念を押す。「どうでしょうか」

「そうした患者がいれば引き受けましょう。ただし、すべて私たちの病院の手順に従うという約束をしてもらいます。例えば食事ひとつにしても、外国人用に特別食をつくるというわけにもいきません。言葉も、医師はたいてい英語を話しますが、コ・メディカル・スタッフは苦手です。入院生活では何かと不自由さを感じるはずで、それも辛抱してもらいます」

　岸川は答えながら、病院の中に多くの外国人患者がいる光景を想像する。海外からも患者が訪れるということは、外部に対してはともかく、内部で恰好《かっこう》の宣伝材料になるのかもしれなかった。職員は自分の病院に誇りを感じ、他の一般患者たちは病院の優秀さをそれとなく印象づけられるというわけだ。

「ありがとうございます。患者をお願いするという形で、あなたの病院とまずはつながりをもつのがいいのかもしれません。その代わり、私どものリプロテックでサンビーチ病院の職員研修を引き受けることも検討しましょう。医師でもナースでもエンブリオロジストでも、職種にはこだわりません」ザポールが誘いかける。「もちろん希望があればです。研修滞在費はすべてこちらもちです。どうでしょうか」

いつの間にか相手の術中にはまっているのに岸川は気がつく。合衆国での研修となれば、どの職種でも希望者はひとりやふたりではおさまりきれないはずだ。海外研修は職員にとって何よりのボーナスになるだろう。

同時にそれは危険もはらんでいる。こちら側が相手の技術を習得できるのはいいが、サンビーチ病院の技術が向こう側に筒抜けになる事態も覚悟しなければならない。

「その申し出も含めて、帰国後、理事会や幹部会にはかってみましょう」ザポールにはそう答えるのが精一杯だった。

「そうして下さい。私共も、喜んで最大限の奉仕をさせていただきます」ザポールは満足気に頷いた。

ザポールと別れてC会場で四、五題の発表を聞き、一時に待ち合わせ場所のカフェテラスに行った。

加代は十分ほど遅れてカジノから出て来た。白い靴と白いパンツに青の濃淡を縦縞《たてじま》にしたブラウスがあでやかだ。テーブルに坐っている岸川に向かって派手に手を振った。

「先生、大当たり」椅子《いす》につくなり、息を弾ませて報告する。

「病みつきになったのじゃないか」

「それが信じられないのよ。途中から赤に賭けてみたら、八回続けてきたの。だから十五ユーロが千四百三十ユーロにもなった」

「黒になる前にジュトンを引いたのか」岸川も半ばあきれて訊く。

「もう心臓が破裂しそうになったから、九回目でやめたのよ。そのとたんに黒になったから、もう周りのみんながワァと歓声をあげた。わたし、身体《からだ》が震えてとまらなかった」

「それで？」

「それで賭ける気がしなくなって、カジノの中にあるコーヒーラウンジで休んで、たった今出て来たの」加代は胸を撫《な》でおろすようにして言う。

「元手はいくら使った？」

「初めから、五百ユーロだけ使うつもりだった。昨日のゲーム台に坐って、同じように一点賭けや二点賭けで賭け出したら、ジュトンがだんだん少なくなっていって、手元には十五ユーロ分しかなくなってしまった。それでええいこれが最後だって、赤の上に置いちゃったの」

「よくその気になったたな」

「だってすぐ目の前が赤だったし、電光掲示板を見たら、何回か前に黒が五回続けて来ているのが分かったから――」

「それにしても、よく八回も続けて出たものだ」

「本当にそう」加代が胸を大きくふくらます。

「ずっとそこに賭け続けられたのは、並みの心臓じゃない。しかしもし九回目も赤に置いていたら、すっからかんになっていた。大した勘だ」岸川も感服せざるをえない。

「でも結局わたしだけ楽しんで、先生を待たせてごめんなさい」ちょこんと頭を下げる。「その代わり、ここはわたしのおごり。昨日が三千ユーロ、今日が千四百ユーロ儲《もう》かったから。あれにしようかしら」

加代は隣のテーブルの客が食べている料理に眼をやる。岸川は給仕にメニューを持って来させて、小魚と小エビのフライ、白ワインを注文した。

「ラスベガスのカジノで、赤だったか黒だったか、続けて十八回出たことがあったそうだ。深夜のことだから、客も少なくて、その台には三人くらいしかついていなかったらしい。そのなかのひとりに、七十歳くらいの老人がいたんだ。少しアルコールもはいっているようで、クルピエに、ありったけのジュトンを赤に入れるように言ったあと、うとうとし始めた。そしてとうとう頭を垂れて眠ってしまった。クルピエは言われたとおりにして、ゲームを続けたのだが、何とずっと赤ばかり続けて出た。初めは千ドルくらいの賭け金だったのが、倍々にふくらみ始め、とうとう十八回目の赤が出たところで、中止してしまった」

「千ドルがどのくらいになっていたのかしら」加代がそっと訊く。

「分からん。二億ドルか三億ドルくらいにはなるのじゃないかな。二、三百億円だ。胴元が完全に破産する額だよ。クルピエは席を立って、そのお客の肩を揺すった。ところがその客は動かない」

「死んでいたの？」加代が眉《まゆ》をひそめる。

「そう。心臓発作だろう。それでカジノの胴元側は、賭けは無効だと主張した。死人が意志を持って賭けるはずはないという理由だ。ところが遺族側は納得がいかず、裁判に訴えた。少なくとも途中までは生きていたはずであり、またその意志も、クルピエに伝えていたので、いくら死んでいたとしても意志は最後まで失効しないという論法だ」

「どっちの言い分も筋が通っている」

「それでいつ死んだのか確定するために、死体は司法解剖に出された。しかし、いくら法医学が進んでいるとしても、死亡時刻を分単位で確定するのは無理だ。頭を抱えたのは裁判官だよ」

「どんな解決法があるのか、知りたいくらい」

「双方とも譲り合わないので、とうとうその裁判官は、ドキッとするような和解案を提示した」

「どんな？」加代が目を輝かす。

「クルピエがゲームを止めたのは人為的だったので、もう一度最後のルーレットをして決めたらどうかというものだった」

「なるほど」加代がふうっと溜息《ためいき》をつく。

給仕が加代の前にフライの大皿を置いた。メニューにローズと書いてあったとおり、小エビは鮮やかな桜色をしていた。

「この大博打《おおばくち》の調停案には、双方の陣営が血の気を失った」

給仕は白ワインのハーフボトルを開け、グラスに注ぐ。さらりとした味だった。

「カジノの胴元側は、それでなくても破産寸前の払い戻しなのに、もう一回赤が出れば、もう倒産は決まったも同然。遺族側は、もし黒が出れば、せっかくの遺産が全部ふいになる」

「それまで全く賭け事には関係のなかった親族までが、賭け事に巻き込まれたわけね」加代が小気味良さそうに笑う。

「胴元は胴元で、自分が倒産か否《いな》かを賭けてのルーレットなんて思いもよらない。それまでは高みの見物で儲けていたのだからな」

「結局どうなったの？」

加代は小エビを指先でつまみ、口に入れた。

「双方とも怖《お》じ気《け》づいて、その調停案は呑《の》めなかった」

「胴元なら、ルーレットに細工をして必ず黒にするくらいできたでしょうに」加代はエビの味に満足したのか、続けて手を伸ばす。

「それだって一〇〇パーセント確実ではないのさ。せいぜい五分五分を七分三分で黒が出るくらいにしか調整できないのではないかな。そうすると赤に出る確率がやはり三割はある。胴元はその確率でもびくびくしていたということだ。結局、裁判官は十二回赤が出たところで、本人が死んで意志をなくしたと見立てたらどうかと、二度目の調停案を出した」

「それだと千ドルがどのくらいになるの？」

「四百万ドルくらいだろう」

「四億円というところね」

「結局、双方ともそれで手を打った。遺族はもともと十万円しかないのが四億円にもなったのだから、不服はない。胴元としては四億円くらいなら安いものだ。裁判沙汰《ざた》が新聞やテレビで取沙汰されているので、宣伝料を払うようなものだし、十九回目の賭けを避けたのは、ルーレット台に不正な細工ができないからだという風評までたって元は取ったと考えたのだろう。裁判官もこの名判決で相当名をあげたらしい。結局ひとりの老人の死が、三方に利益をもたらしたというわけだ」

「いい話。聞いたほうもほっとする」

いつの間にか小エビのフライはほとんどなくなり、小魚の山盛りに手をつける。エビとは違って濃い味がした。

「午後からまたカジノに行きたいというのじゃないだろうな」岸川が冷やかし気味に訊く。

「もう一生分楽しんだ気がするから大丈夫」加代はさばさばした口調で答えた。

「昨日会ったザポール教授が、昼の衛兵交代は見る価値があると言っていた」

「ガイドブックにも書いてあったような気がする。明日の昼は、二人で見に行きましょうよ。今日はこれからバラ園に行きたい。いいでしょう？」

バラ園の見学は、朝食のときから加代がこだわっていたものだ。事故死したグレース王妃がバラ好きで、それを記念して作られたものらしい。

昼食を終えてバスに乗った。そのあたりの下調べは加代に任せておけばよかった。十五分ほどで着いたバラ園前は、高層アパート群の脇《わき》にあった。案内板を見て坂道を上がると公園に出た。

花が咲き揃《そろ》う広大な庭園を想像していた岸川は、内心で失望する。花の種類は多いが、咲いているのは一区画に七、八輪だった。

「やっぱりバラの香りがする」

加代は顔を上向きにして胸を広げた。

「このくらいの庭園なら、あちこちにあるんじゃないか」

「広さじゃないの」加代はきっぱりと言う。「このバラの種類がみんなグレース王妃が好んだのだと思うと、また格別なの」

加代はバラの名前と形を見比べながらゆっくり歩いた。

「あれが王妃の銅像じゃないのか」

バラ園の奥に、赤錆色《あかさびいろ》の小さな彫刻がひっそりと立っていた。

「本当にあった」加代が歩調を速める。「生きているみたい。実物そっくりじゃないかしら」

等身大の彫刻だったが、岸川がヒッチコック映画のビデオで見た顔よりは老けていた。

「先生、ここに坐って」

加代がベンチに岸川を強制的に坐らせ、自分もその横に腰をおろす。薄いピンクのバラ越しに、俯《うつむ》きがちの横顔が眺められた。

王妃の傍に咲くバラは、外側の花びらが黄色味がかって、中央にいくほどピンク色が鮮やかになっている珍種だ。木札に〈オフェーリア〉と書かれていた。

「あの花の色、見たこともない」

加代が銅像後方に五、六輪咲いているバラを指した。全体としては橙《だいだい》色《いろ》だが花びらの裏がいくらか黄色がかっている。岸川はわざわざ立ち上がって、木札の文字を見に行く。

「〈燃える日没〉という名前だ」

「よくつけたものね」

岸川はベンチに坐って改めて眺める。庭園一面がその〈燃える日没〉で埋めつくされていれば壮観に違いなかった。

「ここにいるのはわたしたちだけでしょう。花盛りの時期だったら、のんびり坐ってはいられないわ。嬉《うれ》しい。先生と一緒にいられるだけで」

加代は岸川の腕に手をからませた。

12

バラ園から戻って岸川はもう一度、学会に顔を出し、六時にホテルに帰った。加代はホテル近くの通りに並んでいるブティックを片端からまわり、ラグラン袖《そで》のサマーセーターと濃茶のハンドバッグを買いこんでいた。二点で二十五万円を散財したという。どうせカジノで儲《もう》けた金だから、気が大きくなったのだろう。バッグは簡素なデザインだが、どんな服にも合いそうな色だ。

夕食はホテルの最上階にあるレストランに初めて行き、南仏料理を食べた。加代はいつになく喉《のど》が渇くと言い、赤ワインのボトルの三分の二は彼女の口の中に消えた。立ち上がるときによろけ、エレベーターの中では岸川の腕にすがって立っていた。

部屋に帰りついて「実は贈り物があるの」と加代はまわらない舌で言い、衣裳棚《いしょうだな》にしまっていた紙袋の中から品物を取り出した。

「はい、これはわたしから先生にプレゼント。きっと似合うから」

加代が買ったサマーセーターと同色のマリンブルーのポロシャツだった。シャツを脱がせて、いそいそと岸川の頭の上からかぶせる。

「やっぱりＬを買って正解だったわ。外人向けだからＭでもいいかなと思ったけど。もし大き過ぎたら交換に来てもいいかと、店員に確認するのが大変だった。下手な英語と身振りでやっと分かってくれたのよ。でも思ったとおり素敵な色。こんなブルー、日本ではなかなか見つからない」

岸川を鏡の前に連れて行き、感想を訊《き》く。

ポロシャツは四、五枚持っているが、鮮やかな群青色《ぐんじょういろ》はない。

「ベージュのパンツの上でもきっと似合う。明日の市内観光は二人ともこの色で行きましょう」

「俺《おれ》もプレゼントしないといけないな」

「本当？　ありがとう」加代が顔を輝かせる。「目をつけている靴があるの。ショーウィンドウに飾ってあって、好きな形だった。履いてみてもよかったのだけど、ぴったりだと買いたくなるから、明日もう一度行ってみようと思っていたの。ホテルの並びにあるブティックだから、明日、一緒に行きたいわ」

「ああ、二足でも三足でも。スーツケースにはいらない分は、振り分け荷物にして担いで帰ればいい」

岸川はポロシャツを脱ぎ、ハンガーにかけた。加代も自分のサマーセーターをその横に吊《つ》るす。なるほどお揃《そろ》いと言っていい色だった。

加代に先にシャワーを浴びてもらい、岸川は冷蔵庫にあったバドワ水でウィスキーを割り、氷を入れた。渇いた喉には炭酸のはいったバドワ水が快い。テレビをつける。古い映画が上映されていた。題名は分からないが、若かりし頃のグレース王妃がヒロイン役だ。

「加代がひいきの王妃が出ている」

浴室から出て来た加代に知らせた。白いタオル地のガウンを身にまとった彼女は、画面に見入ったとたん、映画の題名を口にした。

「たっぷり鑑賞するといい。飲み物も作ってあるし」

岸川は言いおいて浴室にはいった。朝方電気カミソリをあてた髭《ひげ》が、もう指にざらつくほどに伸びていた。カミソリを滑らせたあと、シャワーを浴び、ローションをすり込む。一日の疲れがようやくとれた感じがした。ぶ厚いタオル地のガウンを素肌に着るのも、快い。

「これ、おいしい」ウィスキーグラスを手に持って、加代はもう上機嫌だ。「先生、乾杯」

岸川にもグラスを持たせて無理やりグラスを突き合わせる。

「わたしずっと考えたの。先生がいつかわたしに宿題を出した古井戸の中でのひとり芝居。深い穴だと昼間でも星が見えるのでしょう。そうすると、天の川を挟んだ織姫《おりひめ》と彦星《ひこぼし》だって目にはいると思う」

「見えるだろうね。ベガとアルタイル。二つとも一等星だから」

「それで、恋人との逢瀬《おうせ》を思い出すの。バラが真盛りの庭園で二人は再会するのよ」

「一度は別れた仲なんだな」

「いけないかしら」

「いけないことはないさ」岸川はソファの背に手をやり、聞き入る姿勢になる。

「二人が最初に出会ったのも、そのバラ園なの」

「話が複雑だけど、バラ園が天の川の役目をしているのが面白い。その先は？」

「その先は明日」

加代が部屋の明かりを消す。テレビだけが光源になっていた。

「先生」

加代が近づき、岸川のガウンの前をはだける。胸に顔をあててしがみつく。

「今夜は思い切り、先生を愛撫《あいぶ》させて」

加代の口からふっと吐息が出ていた。ガウンのベルトをゆるめて、両腕を中に入れ、岸川の身体《からだ》を抱きしめる。唇を岸川の胸に這《は》わせ、舌で肌をなめた。舌先が乳首に触れる。

「ちゃんと立っていないと駄目」

加代は上眼づかいに、甘えた声を出した。

テレビの画面はダンスホールの中だ。グレース王妃がフランク・シナトラと踊っている。

「こんな幸せな気分を味わわせてもらって、わたし、もう死んでもいい」

乳首を愛撫する舌を離して加代が言う。岸川の身体を抱く加代の指が、時折背中で爪《つめ》を立て、それがまた快感を増幅した。

テレビの中で二人が踊っている音楽は、古いジャズだった。「あなたを抱いても構わないか」という歌詞が聞きとれた。

「カジノで、あのジュトンをくれた紳士に会わなかったか」岸川の質問に加代が顔を上げる。

「会わないわ。どうして」

「彼、リプロテックという病院チェーン企業の会長だ。学会参加は社員に任せて、自分はカジノ三昧《ざんまい》を楽しんでいると、ザポールが言っていた」

「そうなの。知らなかった」

それはどうでもいいという仕草で、加代は岸川の局部に手をやった。

「嬉《うれ》しい。こんなになっている」

加代は身をかがめて、唇を岸川の腹部にあてる。屹立《きつりつ》した先端が加代の胸元を突いた。唇は少しずつ下におりていく。加代の吐息がかかる。

「ほら、これは大切なロイヤルエキス」舌の先でそっとなめたあと、今度は舌を側面に這わせる。「よろけたら駄目。しっかり立っていて。またロイヤルエキスが光っている」

加代はそれを舌でかすめとる。テレビの画面の陰影が加代の顔に反射していた。画面の中でグレース王妃の顔が大写しになる。瞼《まぶた》を閉じてシナトラの抱擁を待ち受ける表情だ。

加代の口が岸川のものを包み込んでいた。

「中のエキス、全部吸い取っちゃう」

岸川の臀部《でんぶ》に加代の指が食い込む。またよろけそうになり、足先に力を入れる。

テレビの画面が変わっていた。主人公の館《やかた》だろう。豪華な調度品が並ぶ。主人公は悩んでいる様子だ。

加代の頭部が静かに揺れ始める。

「何だかキツツキになったみたい」加代が顔を上げたのを機に、岸川は身体をベッドに横たえる。「もう少しだったのに」

すねたように加代は立ち上がり、ガウンの裾《すそ》をわずかに広げて岸川の身体を跨《また》いだ。

もうテレビの画面は見えず、微妙な明るさの変化が室内に広がるだけだ。

「先生、織姫と彦星が銀河を越えて、ひとつに重なる――」語尾のところで加代は小さな声をあげた。「ベガともうひとつ、何という星だった？」

「ベガとアルタイル。ベガは琴座《ことざ》でアルタイルは鷲座《わしざ》」岸川は努めて冷静に答える。

「本当。わたしが琴で、先生は鷲」加代はゆっくり身体を動かす。「琴はだから声をあげてもいいのね。先生は、雄々しく大空を飛び続ける――」

テレビの音は小さくしていたが、絞り出すようなトランペットの音色が耳元に届く。加代の上体がシルエットになり、ゆるやかに揺れ、まるで歌うように声が口から漏れる。

「琴座にあるのがベガで、鷲座が何だった？」加代が途切れ途切れに訊く。

「アルタイル」

「そう、先生がアルタイル。銀河を越えて、ベガとアルタイルがひとつになる。ひとつになるの。そしてベガは琴だから大きな声で喜びをかなでていい――」加代は声をあげ、身体をのけぞらせた。

宮殿前には十一時半に着き、時間つぶしに広場に面した土産物屋で絵葉書を漁《あさ》った。

「病院にはお土産を買わなくていいの？」加代が訊く。

「ニースの空港でチョコレートとボールペンでも買えばいいだろう」

「わたしはもう決めた。ホテルの中にスヴニールショップがあったでしょう。あそこにあるサントン人形を全部買っちゃった。二十個以上あるから、たいがいの友達にはそれで充分。あとは絵葉書とＴシャツを何枚かずつ」

「サントンというと確かに南仏産だ。重たくはないのか」

「それが少しも重たくない。十センチくらいの高さで、ちゃんと服を着て小道具も持っている。牛乳売りや農夫、きこり、漁夫に糸繰り女など、それぞれ恰好《かっこう》が違うのよ。みんな喜ぶわ。店にあるだけ買ったから、もう残っていない。店の主人も、いい買物だと誉《ほ》めてくれた」

「買ってくれる客は誰でも上客さ」

「絵葉書はＦ１レースのが一番男性に喜ばれる。お餞別《せんべつ》をもらった友達にはＦ１レースのＴシャツを奮発する。重くないし、かさばりもしない」

店内には小さなレーサー服も吊り下げられていた。モナコ出張を口実にして病院に入院していた井上会長が、通信販売の土産物から購入したのはこの類《たぐい》のレーサー服に違いなかった。男の子だけでなく、女の子も喜びそうなデザインだ。

「カジノの絵葉書もある。自慢話の材料には必要だ」四、五枚手に取って加代に渡した。

「そうね。建物の外側は写真に撮ったけど、中は撮影禁止だったから」

彼女は全部で二十枚近くを店の主人に持って行き、代金を払った。

広場に人が集まり始めていた。まるでバーゲンセールでも始まるような勢いで、観光客たちが速足になり、張られたロープの外側に陣取った。

広場の一角に十数名の衛兵が勢揃いしていた。その背後にある建物がいわば兵営なのだろうが、何の変哲もない四階建てで、国旗がなければ、下宿屋と見間違えるほどだ。旧式の鉄砲を肩に担いだ白い制服の衛兵たちは、ザポールが言ったように、おもちゃの兵隊そっくりだった。

ピンクがかった城壁をもつ宮殿の前にも、同じ制服の衛兵が十数人整列している。門の前にいた衛兵は二人だけだったので、残りの衛兵十三、四人は宮殿内のそこここに散らばって守りを固めていたのだろう。

太鼓に合わせて双方の行進が始まる。厳粛なチンドン屋の行列に似てなくもない。隊長を先頭にした二組の衛兵たちは、やがて宮殿の前で向かい合う。見物人たちはその動きをビデオにおさめ、盛んにカメラを向ける。衛兵を背景に入れてちゃっかり恋人を撮っている男もいた。

交代の儀式が終わると、片方は兵営になっている建物の方に向かい、もう一組も、二人を残して宮殿の中にはいって行った。さすがに周囲から拍手はおこらない。

集まった観光客が動き出す。岸川も立ち去りかけて、ロープの向かい側にいたサングラスの男たちに眼がとまった。ひとりは茶色のスーツに赤っぽいネクタイ、もうひとりの大男は薄ベージュのスーツだ。

「ほら彼ではないのか」加代の耳元で言う。「向こうの列の真中あたり。サングラスをかけているので分かりにくいが、カジノで会ったリプロテックの会長だ」

「確かにそう」加代が頷《うなず》く。

「この前の礼を言うべきかもしれない」

「きちんと挨拶《あいさつ》されたのでもないし、その必要ないわ」加代は何故《なぜ》か首を振った。

「いや、そういうわけにはいかんだろう。むこうもこっちに気がついたようだし」

二組の衛兵たちが兵営と宮殿の中に消えて、ロープが撤去される。岸川は加代を連れてサングラスの男たちの方に歩み寄る。先方も立ち止まった。

「失礼ですが、先日カジノでご一緒した方ではないでしょうか」岸川は相手のネクタイ柄が赤いリンゴであるのを確かめる。「あの時は、ありがとうございました」

「どう致しまして。私はジョン・シェフナーと言います」男はサングラスをはずした。明るい茶色の瞳《ひとみ》がどこか若々しさを保っている。「あのときは、さしでがましいことをして、気を悪くされたのではと心配していました」

握手を求められて岸川も自分の名を言って握り返す。

「こちらは秘書のロバートです」

秘書もサングラスをはずす。右目のすぐ下に切り傷があり、鼻筋が微妙に曲がっていた。

「こちらはミズ・コジマです」

加代も二人に右手を差し出した。

「カジノで日本人女性のキモノ姿を見たのは初めてでした」シェフナーが笑う。「私が勝ったチップをお贈りしたのも、その美しさゆえです」

「どうも――」

〈美しい〉という単語に加代は恥じらいを見せた。シェフナーがじっと凝視する。

「あのときのジュトンでその後、勝ち続けたのです。お礼を申し上げようと思ってあなたを探したのですが、見つけられませんでした」

「礼など必要ありません」シェフナーは首を振る。「カジノで賭《か》けるのは何も数字だけではありません。人に対して賭けてもいいのです。ところで、あなたの優れた発表については、うちの職員からうかがっております」

岸川は彼の口から技術提携の話が切り出されるのかと思い、内心で身構える。しかしシェフナーはそれには触れずに、秘書を促した。

「それではまたカジノでお会いするのを楽しみに。ちょっと人を待たせているので、ここで失礼します」

シェフナーは岸川と加代に軽く手を上げて歩き出した。

13

吾郎に付き添われて診察室にはいって来た下山修は、二週間前よりも血色が良くなっていた。吾郎から支給される金で食事の内容が良くなったのだろう。

「腹痛や便通異常はないね」岸川が訊《き》く。しかし下山の返事はない。

「腹が痛いとか、便が出ないとか、下痢をすることはないかと院長先生が訊いておられるんだ」横に立った吾郎が助け舟を出す。

「ありません」下山はおどおどしながら答える。

「食欲は？　いや、御飯はおいしく食べられるかね」

「は、はい」

「先生、こいつが好きなのは何だと思います？」吾郎が岸川を見る。「刺身ですよ。それも鯛《たい》の」

「ほう」

「スーパーに行くと、一人前がプラスチックの皿に盛られて売っているでしょう。五百円まではしません。あれを買って来て、自動販売機の缶ビールでキューッとやると、王様の気分らしいです」

「どこで飲むんだね」

「公園のベンチとか、原っぱとか、家の中とか」下山はおずおずと答える。

「いつもひとりで？」

「ひとりです」

「ビールの量は？」

「一本か二本です。このくらいのを」

下山はたいして飲んでいないのを強調するかのように、両手で示した。どうやら三五〇ccの缶らしい。

「三本や四本じゃないのだね」

「そんなには飲めません」下山は滅相もないという顔で首を振る。

「それならいいが。続けて飲んでいると量が増えていく。王様の気分になるのは、週に二回くらいにとどめておかないと」岸川は吾郎に目配せする。

「それは自分がちゃんと見張っておきます」

以前は黄色い垢《あか》に覆われていたという下山の身体《からだ》は、診察の前に吾郎がシャワーを浴びさせているため、汗臭くもない。岸川は下山を診察台に横たわらせ、腹部の聴診と、触診をする。

「体重は六十二キロが六十四キロに増えているだけだな。王様暮らしで、これ以上肥り過ぎないように」

〈王様〉に力をこめて岸川は注意する。実際、暮れなずむ公園のベンチか芝生の上に坐《すわ》り、夕焼け空を眺め、好物の刺身を肴《さかな》に冷えたビールを飲むなど、文字どおり王様気分には違いなかった。

吾郎には診察室から出てもらい、下山の腹部に超音波のプローブをあてた。受精卵の移植部位に異常な陰影は生じていない。MRI検査での確認はしなくてもよさそうだった。

「先生どんなですか」念入りな検査に不安になったのか、下山が訊いた。

「大丈夫。悪くはなっていない。しかし刺身は食べ過ぎず、ビールも一本止まりにしておかないと大変なことになる」岸川の返答に、下山が身体を硬くする。「はい結構。起きて服を着ていい」

「ありがとうございました」下山は起き上がり、ピョコンと頭を下げた。

「仲間と喧嘩《けんか》するようなことはないね」手を洗いながら岸川は訊いた。

「喧嘩なんて、しません。喧嘩にはいつも負けます」気弱な返事だった。

「それでいい。喧嘩になりそうだったら、逃げるが勝ちだよ」下山を送り出し、外で待っていた吾郎に託した。

「次の定期検診は二週間後の同じ時間」

岸川が言うと、吾郎は小さな手帳を取り出した。頑丈な身体とスキンヘッドに、手帳と万年筆が何となく不釣合いだ。

「ほら院長先生にちゃんとお礼を言わんか」

吾郎が下山の頭に手を当てて首を折り曲げさせた。

「ありがとうございました」下山が言うのに岸川は片手を上げて応じた。

診察室の机に戻って、電子カルテに下山の診察記録を打ち込む。このまま順調に行けば、年末には二十週前後の胎児を開腹によって取り出し、人工子宮に移せる。もちろん下山自身は腹の中で何が起こったのか真相は知らないままだ。腸閉塞《ちょうへいそく》とでも説明しておけば、何の疑いももたないに違いない。

人工子宮で三、四週間飼育したあと、胎児は本格的に保育器に入れればいい。その時点で、希望のカップルを探し出す。煩雑《はんざつ》なうえに金がかかる生殖医療を嫌って、手っ取り早く、赤ん坊を貰《もら》いたがる夫婦はいくらでも存在する。特に夫婦ともに年齢が高い場合はなおさらだ。しかも養子縁組など必要なく、直接実子として届け出ができるので斡旋《あっせん》も容易だ。

下山の腹腔内《ふくくうない》で育っているエンブリオの遺伝上の親は、亡くなった春奈と岸川自身だった。従って、このエンブリオが成熟して開腹剔出《てきしゅつ》までの過程が順調に進むとすれば、人類にとって未曾有《みぞう》のハードルを幾重も越えることになる。このハードルは医療上のハードルは言うに及ばず、法的、さらに平たく言えば倫理的なハードルも含んでいる。

まず第一に、死体の卵巣を培養して卵子を成熟させ、それを凍結保存し、必要な時に融解する医学上の技術。ここには遺伝上の母親が、受精時には既に死亡しているという法的問題も付随している。

第二は、体外受精と受精卵の移植が、婚姻関係にある男女間でしか認められていないのに、それを破ることになる。もっともこれは法律ではなく日本産科婦人科学会の会告に過ぎないので、純然たる違法行為にはならない。

第三は、これが最も法的倫理的に取沙汰《とりざた》される問題に違いないのだが、受精卵を遺伝的なつながりは全くない人間、それも男性に移植した点だ。学会の会告では代理母の使用そのものさえ禁じているのに、下山の場合、いうなれば〈代理男〉の出現に相当する。

第四は、男の〈代理母〉に対して、インフォームド・コンセントをしているか否《いな》かが、倫理的に問われよう。下山には何ひとつ事実は知らせていない。

そして最後に、人工子宮と保育器で育て上げた赤ん坊を、不妊のカップルの実子にするという処置自体が違法行為の責めを受けるに違いなかった。

しかしいずれのハードルも、内密に事を運ぶ限りは、致命的な打撃をこちら側が受ける結果にはならない。百歩譲って、すべてが明るみに出されたとしても、法律上よりは倫理的な責任が問われるのみだろう。

そして岸川にしてみれば、倫理的な足枷《あしかせ》など初めから眼中になかった。死んだ人間の卵巣を活用したり、男性が子供をはらむのは、単に慣習からはずれているだけで、倫理とは何の関係もないのだ。そしてそもそも医学と医療の進歩は、慣習からの離脱ではなかったか。例えば頭に穴を開けて腫瘍《しゅよう》を剔出したり、腹をたち割って赤ん坊を取り出したり、血管の中にカテーテルを入れて冠動脈をふくらませたりするのは、たかだか慣習の否定であり、倫理とは無関係だろう。それが生殖医療になると人間の根源にかかわってくるので、ことさら目立ってくるだけだ。

　夫の精子を妻の膣内《ちつない》に注入する配偶者間の人工受精はまだしも、これが夫以外の精子を使用するとなると、姦通《かんつう》との差は微妙になる。倫理云々《うんぬん》の論議が沸き起こる。精子と卵子の受精を女性の体内ではなく、試験管の中で行うのも、当初は反倫理的だと騒がれた。その根拠は、自然の成り行きを人の手で管理するからだ。それでは、顕微受精はどうか。精子の数が少なかったり、勢いがない場合、卵子の細胞質まで針を突き刺し、直接精子を注入してやる方法だ。これも、本来は〈神〉の手で実施されるものを人間の手が代行する方法で、倫理にはずれる行為だと非難されたし、いまだにその非難は一部でくすぶっている。

　こんなふうに考えてくると、反倫理とは反自然にほかならないということが分かる。自然でない行為が、倫理的でないと難詰されるのだ。

　それではしかし、医学・医療とは一体何かという問題に立ち戻らざるをえない。人の死、人の病いをできるだけ回避する術が医学・医療であるのは、万人が認めるはずだ。ところが、死や病気こそは、自然の摂理の代表的な表われだ。となると、医学と医療はその成り立ちからして反自然的行為であり、従って反倫理的行為になってしまう。

　現在行われている通常の投薬や手術が、反自然的だとも言われず、まして倫理にもとるとも非難されないのはなぜか。当初はどの技術も革新的、すなわち反倫理的だと槍玉《やりだま》にあげられたはずだ。ところが年月が経《た》つにつれてその技術が慣習化されると、なしくずし的に反倫理的側面は薄れていき、ついに消滅する。それがすべての先進的医療技術の辿《たど》る普遍的な道筋なのだ。

すなわち慣習化とともに、倫理性云々の議論は立ち消えになっていく。サンビーチ病院で試みている一連の生殖医療技術も、二十年後、三十年後、五十年後には慣習になってしまうだろう。これは間違いない。

ただひとつ、倫理とは無関係な問題が残っている。それは、体外受精と〈代理母〉男性によってこの世に存在することになった赤ん坊、子供が、自分のルーツを知りたいと思ったとき、どう対処するかだ。現時点では、ほとんどの国がまだその知る権利を保証していない。例外がスウェーデンだ。一九八〇年代の半ばに、人工受精で生まれた子供に対し、本当の親が誰であるかを知る権利を法的に認めた。それが人間としての基本的な人権だと判断したからだ。遺伝的な親が誰であるか知ったうえで、養父母の法的な子供だという自分を認識することが、出自を包み隠してしまうよりも、健全な親子関係を築きやすいのだという。

この論理でいけば、下山の腹から生まれ出て不妊カップルに引き取られた子供が、将来自分のルーツを知る権利を有する可能性はある。しかしこうした問題には全くの後進国である日本が、そこまで根源的な問いに対して、法的な議論をするようになるには、たぶんあと半世紀は要するだろう。純粋に論理的で本質を衝《つ》く抽象的な思考を、最後の最後まで忌み嫌い、他国の先例を無分別に借用するのが、この国の習い性なのだ。

要するに、今サンビーチ病院で実施している医療技術は、当分の間、法的・倫理的にも決定的な障害物をもたないと言ってさしつかえない。医療のなかで生殖医療ほど可能性を秘め、自由闊達《かったつ》に技術を伸ばせる分野はない。ヴェンチャー精神が最も発揮できる場所であり、市場も無限大に広がっている——。

岸川は満ち足りた気分で電子カルテの画面を閉じた。

立ち上がろうとしたときケイタイのベルが鳴った。加代からだった。

「先生、この前のモナコ、楽しかった。あんなに素敵な旅行は生まれて初めて」電話の声はこれ以上はないというほど弾んでいた。

「土産は喜ばれたのか」

「ええ、女の子はサントン人形、男の子はF1のTシャツが断然人気」

モナコで加代は、まるで修学旅行のように購入した品物を逐一岸川に報告していた。

「甥《おい》に買ったレーサー服は？」

「まだ少し大きいから、来年になったらちょうどよくなるのじゃないかって。Lサイズが欲しかったと、弟が息子そっちのけで欲しがっていた」

「カジノの自慢話もしたんだろう」

「それはもう何度も。赤に続けて八回も賭《か》けるところなんか、みんなはらはらして聞いてくれた」

そのまま聞いていれば一時間でも話し続けそうな加代の勢いだ。

最後の夜のパーティに、加代はイヴニングドレスと、岸川が買ってやったばかりの靴をはいて出席した。ウェルカムパーティのときのしとやかな和装とは正反対に、ピンクのドレスにはサイド・スリットがはいっていて、膝上《ひざうえ》まで脚がのぞいた。女性では加代が最も若いこともあって、人目をひき、例のキューバのバンドによるダンス音楽のときは、フィリップやダニエルまでも、加代にダンスを申し込んだ。宴たけなわになって、ザポールがリプロテックの会長シェフナーを連れて来て、改めて紹介してくれた。そして最後のダンスで加代のパートナーはシェフナーになったのだ。シェフナーの踊りの腕前もザポールにひけをとらず、加代を見事にリードし、曲が終わると周囲の賞讃《しようさん》を集めた。

舞台で観客の拍手には慣れているはずの加代も、踊りで拍手喝采《かつさい》されるのはことのほか嬉《うれ》しかったようだ。パーティのあとフィリップやその同僚たちとカフェテラスで語り合ったときも、加代はものおじせずに英語をしゃべった。

「外人って、いいわ。思ったことははっきり口にしてくれる」

ホテルへの帰り道、加代はまだ興奮醒《さ》めやらない表情をしていた。

「もう秋の公演が始まるのだろう」岸川が訊く。

「今はその下準備中」

「また時代物なんだな」

「それが違うの。現代の世話物で、やや喜劇がかっている。今度の公演も来られるかしら」

「まだスケジュールの見通しが立たない。芝居はこれだから不便だ。こちらがその場所まで決まった時間に身体を運ばない限り、どうにもならない」

「分かった」加代は素直に引き下がる。「それから例のプラセンタだけど、どうしても欲しいと言う友達がいるので、いただけないかしら」

「プラセンタのことを話したのか」岸川は不機嫌な口調になる。

「そうではなく、いい化粧品があるからと言っただけ。詳しいことは話していない」加代が慌てて答える。

「これはあくまで個人的な品物で、商品ではない」

「わたしの名前で、一個余計に欲しいの」

「駄目だ。私が直接顔を合わせて知っている人間以外は断っている」

「だったら、彼女を先生の病院に行かせればいいのね」

「この女なら信用できるとこちらが判断すればいい。一種の面接試験だ」皮肉をこめて岸川は答える。

「それは大丈夫。彼女はわたしよりは年上だけど、とびきりの美人ですもの。先生もきっと気に入るはずよ」加代の言い草にも皮肉がこもっていた。

「それじゃ、試供品だと思って出そう。加代が取りに来る暇はないのだろう？」

「ええ、稽古《けいこ》続きなの」

「仕方ない。例外的に送ってやろう」

「先生、ありがとう。芝居の招待券はいつものように送らせていただきます」そこで電話は切れた。

昼食をとる前に地下のファームに降りていく。更衣室にはいる前に左手の甲をセンサーにかざして扉を開ける。スリッパにはき替え、上着を着替え、帽子をかぶった。中仕切りの前で再びセンサーに左手の甲を当て、さらに奥で丸い穴を覗《のぞ》き込む。慣れると一連の動作も煩雑ではなかった。

ファーム長の鶴がマスクをしたままで出迎えた。

「先生、この間いただいたワイン、赤と白の二本ともみんなで飲ませていただきました。塚田君の家に集まって」

「味はどうだった？」

ワインは、ホテルの中にあったワイン店で選び、四ダースを病院宛《あ》てに航空便で送っていた。普通の土産と比べて高くはついたが、それでも日本のレストランで飲まされる法外な値段のフランスワインと比較すれば安いものだ。

「味はもうモナコの風味がすると、みんなで言い合いました」

「モナコの風味ね。ま、フランスワインだろうが」

岸川自身は南仏のロゼだけを一本飲み、あとは高原事務長や医局の連中にさし入れした。特に喜んだのが病理部長の峯で、貰《もら》ったブルゴーニュワインを両腕で抱きしめていた。

「発表はどうでした」鶴から訊かれて、岸川はまだ学会の具体的な内容を話していないことに気がつく。

「うちの病院がすべての面で外国の病院に水をあけている。十年から二十年進んでいると言っても大袈裟《おおげさ》ではない。それだけ誇りをもっていい」

「先生の発表についての反響も大きかったのでしょう？」

「失敗例にしては質問が出て、懇親会の席でもいろいろ訊かれた」

「言うなれば男性の腹腔内への移植実験ですから。反響も想像できます」

鶴は興味ありそうな顔をする。ファームからは凍結保存していた受精卵の提供を受けたのみで、移植手技や兼頭の手術後の経過は逐一鶴には話していなかった。

「世界初の試みだったので、学会員には強烈だったらしい。日本人の会員も来ていて、彼らからは、産科婦人科学会の倫理審査委員会には事前に報告していないのではないかと非難された。こちらは、そもそも日本の学会には加入していない。加入していない者がどうして事前報告する義務があるのかと反論してやった。すると先方は法的云々と言い出して不満気なので、日本の法律のどこに男性の妊娠を禁止するという条項があるのかと、これまた訊き返した。彼ら、顔を真赤にして何も答えられなかったさ。日々変わりゆく生殖医療の世界で、日本の学会の考え方が一番旧態依然としている。まだ明治憲法のような頭で、この問題を考え、規制している。しかも自分たちが一番偉いと思っている。救いようがないね」

岸川は日頃のうっ憤を思い切り口にする。医師ではない鶴を前にすると、医療界の悪口にも熱が入る。

「二例目の実験は進行中なのですね」

「ああ、今のところうまくいっている」

「それが成功すれば一大センセーションを巻き起こしますね」鶴のだみ声が一オクターブ高くなる。

「成功したとしても、すぐには発表しない。ま、二年後にマドリードである学会では、発表してもいいかなという気はするが。そのときはもう二、三例、成功例が増えているかもしれない」

「すごいですね」

誉《ほ》められて岸川も口元をゆるめた。

「腹腔内の妊娠はしかし二十週までは保《も》たせられないだろう。十八週か十九週で胎児を取り出し、そのあとは人工子宮に移す。そこで四週ばかり飼育できれば成功したのも同然だ。人工子宮の改良は続けているね」

「それはもう。塚田君と一緒にやっています。十九週以上の胎児で、三、四週間くらいなら何とかなります。あまり胎児が小さ過ぎるとまだ自信がありませんが」

「ファームの水準が、そのまま病院の水準を決定する。この地下室の基礎技術の上に、階上の臨床が花開いていると思っていい」

「ありがとうございます」鶴が頭を下げる。

「興味があるなら学会の抄録集を読むといい。院長室まであとで取りに来てくれ。すべて英語だが、読めるだろう」

「はい、何とか」

「そのとき例のプラセンタをひと瓶持って来てくれ。まだ残りがあるね」

「いくつか残っています。評判はどうなんですか」

「悪くない。ま、こういうものはプラシーボ効果が大きいだろうがね」

「プラシーボ？」

「偽薬効果だよ。権威ある者が薬を出すと、たとえデンプンの粉でも患者側の期待度だけで効果が出る。熱も下がれば、痛みも減る。化粧品の場合は肌の色と艶《つや》だから、本人の気持ちようで評価はどうにでもなる。こっちが美しくなったねと言えば、本人ものせられる」

「それだけではないでしょう。本格的に商品化してもいいのではないでしょうか」

もともと商品化に鶴は意欲的だった。

「認可を受けたり、施設基準があったりで、そっちのほうが面倒くさい。化粧品会社と提携する手もあるが、病院のイメージが逆に下がる」

岸川は答えたが、何よりの懸念が別にあった。病院内で回収した胎盤を原料にしているとマスメディアに喧伝《けんでん》されれば、化粧品会社との提携以上に、悪評をたてられる。しかも、その胎盤の所有権がいったい病院にあるのかという法的問題まで持ち上がる可能性さえ否定できない。

「それに、まだ現時点では大量生産が見込めませんからね」

鶴も諦《あきら》め顔で岸川に同調した。

午後の診察は、二時の約束の武藤直子から始めた。

診察室に呼び入れると、彼女はもう病衣に着替えていた。病衣にはライトブルーとライトピンクの二種類の色があって、患者が自由に選ぶようになっている。どちらかといえば女性はピンクのほうを好んだが、直子はいつもライトブルーのを身につけた。病衣になると診察には便利だが、本来その女性がどういう服装をしているのか観察する機会は奪われる。特に直子に関しては、髪形から装い、靴と持ち物まで、見ておきたい気持がした。

「先生、お願いします」

膝を揃《そろ》えて椅子《いす》に坐った直子はきちんと会釈をする。垂らしていた髪は後ろに束ねられ、イヤリングもネックレスも取り除かれている。唯一、素足にはいているスリッパだけは家から持参したのに違いない。茶色い無粋な病院のスリッパと違って、病衣と同色のライトブルーだ。

薄化粧なのに表情が生き生きとしていた。また新たな生命、それも死んだ息子と瓜二つ《うりふた》つのエンブリオを胎内に持ったという事実が、彼女の心中に一条の希望の光を与えたのだろうか。

岸川は直子の血圧を測り、型どおりの診察を始める。眼瞼《がんけん》結膜を診《み》、口を開けさせ、首筋にも触れ、胸の聴診もする。これらの一連の動作は、患者との一種のコミュニケーションでもあった。いきなり内診台に横にさせられて、超音波その他の器具を当てられれば誰でも緊張する。型どおりの診察はいわば準備体操なのだ。

「先生モナコに行かれたそうですね」そんな質問が直子の口から出るのも、緊張がゆるんだせいだ。

「四泊五日ですけど、晴天続きで楽しめました」

「地中海は、空と海の色が特別ですよね。現役時代、マルセイユとニースの空港には何度も立ち寄りました。空と海が青一色で、そこに山の白い肌が光り、家の屋根は橙《だいだいいろ》色で、海岸のカフェにじっとしているだけで幸せでした」

快活に言う直子の身体を水平にする。診察用の椅子はボタン操作で移動し、背もたれが倒れた。

「生理も止まったままですね」

「はい」

膝を曲げさせて、腹部を視診し、聴診もする。三十代半ばにしては贅肉《ぜいにく》のない腹部で、臍《さい》部《ぶ》の凹みも若さを保っている。

「今日は便通がありましたね」

「そんなことまで分かるのですか」直子は天井を向いたままで答えた。

「腸雑音の音が違うのです」

岸川が答えると直子は黙って頷《うなず》いたが、頬《ほお》に赤味がさした。

ボタンを操作して、内診台の下方をV字形に開かせる。下着をつけていない直子の大腿部《だいたいぶ》があらわになる。眩《まぶ》しいくらいに白い肌だった。白いシーツをその両脚にかけ、岸川は脚の間に椅子をずらした。すぐ目の前に直子の局部があった。直子は目を閉じて黙っている。

モニターの位置を直し、先がわずかに太くなった棒状の経膣用プローブを手にとる。

「少し違和感があるかもしれませんが、しばらく辛抱して下さい」岸川は告げる。

「はい」直子の少し震える声がカーテン越しに答えた。

小陰唇を開いて膣を露出させ、プローブを静かに挿入した。モニターの画面が子宮を描く。子宮内壁に一センチほどの変化が見られた。

「無事に育っています。尿検査でも陽性と出ているので、間違いありません」

「ありがとうございます」直子の声がした。

プローブをゆっくり引き抜くと、膣口が生き物のように閉じた。

内診台を操作して背もたれを起こし、元の位置に戻した。

「今のところすべて順調ですよ」

「何だか夢のようです」病衣を整えながら、直子は上気した顔で言った。

「この妊娠を誰かに話しましたか」手を洗いながら岸川は尋ねる。

「いいえ。まだ誰にも——」直子はゆっくり首を振る。

「いずれ言わなければならないでしょう」

「そのときは正直に言うつもりです。ありのままを。よろしいんでしょう？」直子が首をかしげるようにして訊く。

「構いません」

「先生の名前を出しても？」

「結構です」岸川は頷く。「その代わり、こちらにいろいろな問い合わせが来ても、プライバシーを理由にして、一切のコメントは拒否するつもりにしています」

岸川は直子と再び向かい合った。

「わたくしのような例、これまでどこかで行われていますか」改まった調子で直子が尋ねる。

「受精卵を分割して、片方を凍結保存し、数年の間をおいて一卵性双生児を生むという方法ですよね。私が知る限り、学会で正式に報告されてはいません。しかし、これは単に報告しなかったというだけです。私の推測では何例かあるような気がします。技術的にはそれほど高度なものではありませんから」

「発表されなかった理由は、何か法的な制約があるからでしょうか」妊娠の前にはしなかった質問だった。

「受精卵の凍結保存そのものを法律上認めていないのは、先進国の中ではドイツのみです。あの国は、ヒトラーの例もあって人間のクローン作りには神経を尖《とが》らせています。イギリスでは容認していますが、受精卵の売買と商品化だけは厳しく規制しています。オーストラリアでは、受精卵の凍結保存は十年間です。合衆国では、検閲を受けて許可をとった医療機関なら、ほとんど何でもできます。しかし実際は面白い問題も生じています」

「面白い？」当惑の瞬間、直子の滑らかな眉間《みけん》がわずかに寄った。

「ええ、当事者は深刻でしょうが、私には興味深い事例です。もうだいぶ以前ですが、合衆国の大金持夫妻が飛行機事故に遭い、二人とも死んだのです。ところが、夫婦の受精卵が凍結保存されていることが分かりました。融解して代理母に移植すれば、子供をつくることもできます。その子供に果たして財産の相続権があるかどうか議論になりましたが、結局他に正当な相続人もいて、親の生存期間中に子供がこの世に生まれていない限り相続権はない、という結論に至ったようです。しかし、全く相続人がいなかった場合は、この事例も別の結論に落ちついたかもしれません」

「凍結保存の受精卵に相続権があると？」

「そうです」岸川は頷く。直子とこうした専門的な議論をするのは初めてだったが、理解が速いので、こちらの口も軽くなる。「もうひとつも合衆国の例ですが、受精卵を凍結保存していた夫婦が離婚騒ぎになったのです。夫はもう離婚するのだから受精卵などいらない、破棄処分したいと主張したのに対して、妻のほうは、未練があるのか、その受精卵でもうひとり赤ん坊を生みたいと言い出したのです」

「それも難しい問題ですね」直子は軽く首を傾けた。

「一審では、凍結保存された受精卵は、破棄されるよりも生まれる機会を与えられるほうが、受精卵の利益にかなうとして、妻の言い分が認められました。夫は納得せず、控訴審にもち込んだのです。そこでの決定は、これは夫婦で話し合うべき筋合いのものだからと言って、差し戻しになりました。これまた双方が上訴し、いよいよ最高裁の判決が下されました。生殖に関しては夫婦ともに自己決定権があり、双方の一致が要請されるという見解で、夫の主張を認めました」

「日本ではどうなっていますか」ふっと肩の力を抜いて直子が訊いた。

「日本の産科婦人科学会は、十数年前に受精卵の凍結保存についてガイドラインを出しています。凍結期間は、夫婦の婚姻持続期間であり、かつ母親の生殖年齢を超えない間となっています」

「それでは、わたくしの場合、夫が死亡しているのでそのガイドラインからははずれますね」直子の眼がまっすぐ岸川に向けられる。

「はずれます」岸川は重々しく顎《あご》を引いた。「しかし、ガイドラインは学会の会告であって、法律ではありません。ガイドラインからはずれたとしても、法を破ったことにはならないのです。まして私自身、日本の産科婦人科学会には所属していません。従ってあなたは堂々とお腹《なか》の中の赤ちゃんを出産できるのです」岸川は自信たっぷりに笑いかける。

「そうですか。安心しました」直子の唇の間から白い歯がのぞいた。

二人はしばらく無言のまま見つめ合う。どこか共犯者として気持が通じ合うのを岸川は感じた。

「これはほんの形ばかりの南仏土産です」

岸川は立ち上がり、机の引出しから小さな包みを取り出す。

「わたくしにですか」直子は心底びっくりしたように目を見張った。

「これから母親になる人にふさわしいものがあったので」岸川は少し照れた。

「ありがとうございます。開けてもよろしいでしょうか」

「どうぞ」

直子は小さな紙袋から直方体の箱を取り出す。中に高さ十センチ足らずの人形がおさまっていた。

「まあ」直子の顔がパッと輝く。「なんて可愛《かわい》らしいんでしょう」手に取ってじっと眺めた。

「南仏のサントン人形なんです。土に彩色して布の服を着せた——」

加代から人形の話を聞いて、岸川も学会場に隣接した土産物屋にはいってみたのだ。若い農婦が胸をはだけ、赤ん坊に授乳している人形が棚の奥にひとつだけあった。もちろんそんな土産を買ったことは、加代には言っていない。

「先生ありがとうございます。わたくしの宝物にします」

直子は目を赤くして頭を下げた。


（下巻につづく）

本書はフィクションであり、実在の団体、個人とは一切関係はありません。

この作品は二〇〇二年七月、集英社より刊行されました。
文庫化にあたり、上下巻に分冊いたしました。

集英社文庫　目録（日本文学）

集英社文庫　目録（日本文学）

林　望　林望が能を読む
林　望　能は生きている
林　望　マーシャに
林　望　くりやのくりごと　リンボウ先生家事を論ず
林　望　りんぼう先生おとぎ噺《ばなし》
林　望　リンボウ先生の閑雅なる休日
林　真理子　ファニーフェイスの死
林　真理子　トーキョー国盗り物語
林　真理子　東京デザート物語
林　真理子　葡萄物語
林　真理子　死ぬほど好き
林　真理子　白蓮れんれん
林田慎之助　司馬遷
林田慎之助　諸葛孔明
林田慎之助　人間三国志　覇者の条件
林田慎之助　人間三国志　軍師の采配
林田慎之助　人間三国志　豪勇の咆哮
原　民喜　夏の花
原田宗典　優しくって少しばか
原田宗典　スバラ式世界
原田宗典　しょうがない人
原田宗典　日常ええかい話
原田宗典　むむむの日々
原田宗典　元祖スバラ式世界
原田宗典　できそこないの出来事
原田宗典　十七歳だった！
原田宗典　本家スバラ式世界
原田宗典　平成トム・ソーヤー
原田宗典　貴方には買えないもの名鑑
原田宗典　大サービス
原田宗典　すんごくスバラ式世界
原田宗典　幸福らしきもの
原田宗典　少年のオキテ
原田宗典　笑ってる場合
原田宗典　はらだしき村
原田宗典　大変結構、結構大変。　ハラダ九州温泉三昧の旅
原田康子　星の岬（上）（下）
原山建郎　からだのメッセージを聴く
春江一也　プラハの春（上）（下）
春江一也　ベルリンの秋（上）（下）
春江一也　カリナン
坂東眞砂子　桜雨
坂東眞砂子　屍の聲（かばねのこえ）
坂東眞砂子　ラ・ヴィタ・イタリアーナ
坂東眞砂子　曼《まん》荼《だ》羅《ら》道《どう》
半村　良　闇の女王
半村　良　女神伝説
半村　良　どさんこ大将（上）（下）

集英社文庫　目録（日本文学）

半村　良　八十八夜物語①～④
半村　良　忘れ傘
半村　良　雨やどり
半村　良　高層街
半村　良　能登怪異譚
半村　良　晴れた空(上)(中)(下)
半村　良　昭和悪女伝
半村　良　講談 碑夜十郎《いしぶみやじゅうろう》(上)(下)
半村　良　江戸打入り
半村　良　ガイア伝説
半村　良　かかし長屋
半村　良　すべて辛抱(上)(下)
東野圭吾　分身
東野圭吾　あの頃ぼくらはアホでした
東野圭吾　怪笑小説
東野圭吾　毒笑小説
東野圭吾　白夜行
東野圭吾　おれは非情勤
干刈あがた　借りたハンカチ
干刈あがた　野菊とバイエル
引間　徹　19分25秒
樋口一葉　たけくらべ
樋口修吉　銀座北ホテル
日高義樹　日本いまだ独立せず
日野啓三　抱擁
氷室冴子　冴子の東京物語
氷室冴子　ターン―三番目に好き
氷室冴子　冴子の母娘草
氷室冴子　ホンの幸せ
姫野カオルコ　A.B.O.AB
姫野カオルコ　愛はひとり
姫野カオルコ　みんな、どうして結婚してゆくのだろう
姫野カオルコ　ひと呼んでミツコ
姫野カオルコ　サイケ
姫野カオルコ　すべての女は痩せすぎである
姫野カオルコ　よるねこ
平井和正　決定版 幻魔大戦(全十巻)
平井和正　時空暴走 気まぐれバス
平井和正　ストレンジ・ランデヴー
平井和正　インフィニティー・ブルー(上)(下)
平岩弓枝　華やかな魔獣
平岩弓枝　女の足音
平岩弓枝　この町の人
平岩弓枝　やきもの師
平岩弓枝　ハサウェイ殺人事件
平岩弓枝　女のそろばん
平岩弓枝　釣《つり》女《おんな》 花房一平捕物夜話
平岩弓枝　女《おんな》櫛《ぐし》 花房一平捕物夜話

集英社文庫

エンブリオ (上《じょう》)

2005年10月25日　第1刷

定価はカバーに表示してあります。

著者　帚《はは》木《ぎ》蓬《ほう》生《せい》

発行者　山下秀樹

発行所　株式会社 集英社

東京都千代田区一ツ橋2—5—10

〒101-8050

電話　03 (3230) 6095 (編　集)

(3230) 6393 (販　売)

(3230) 6080 (読者係)

印　刷　大日本印刷株式会社

製　本　大日本印刷株式会社

ISBN4-08-747873-4 C0193